萧红

著

彷徨，生死场里有希望

萧红小说名篇

时代文艺出版社
SHIDAI WENYI CHUBANSHE

图书在版编目（CIP）数据

莫彷徨，生死场里有希望：萧红小说名篇 / 萧红著.
长春：时代文艺出版社，2025.7. —— ISBN 978-7-5387-
7787-1

Ⅰ. I246

中国国家版本馆CIP数据核字第2025X6M359号

莫彷徨，生死场里有希望：萧红小说名篇

MO PANGHUANG, SHENGSICHANG LI YOU XIWANG: XIAO HONG XIAOSHUO MINGPIAN

萧红　著

出 品 人：吴　刚
产品总监：郝秋月
责任编辑：邢　雪
装帧设计：陈　阳
排版制作：陈　阳

出版发行：时代文艺出版社
地　　址：长春市福祉大路5788号　龙腾国际大厦A座15层（130118）
电　　话：0431-81629751（总编办）　 0431-81629758（营销部）
官方微博：weibo.com/tlapress
开　　本：880mm×1230mm　1/32
印　　张：8
字　　数：180千字
印　　刷：长春市华远印务有限公司
版　　次：2025年7月第1版
印　　次：2025年7月第1次印刷
书　　号：ISBN 978-7-5387-7787-1
定　　价：49.80元

图书如有印装错误　请与印厂联系调换　（电话：0431-85678957）

目 录

/ 萧红小说名篇 /

中 秋 节

　　记得青野送来一大瓶酒，董醉倒在地下，剩我自己也没得吃月饼。小屋寞寞的，我读着诗篇，自己过个中秋节。

　　我想到这里，我不愿想，望着四面清冷的壁，望着窗外的天。我侧倒在床上，看一本书，一页，两页，许多页，不愿看。那么我听着桌子上的表，看着瓶里不知名的野花，我睡了。

　　那不是青野吗？带着枫叶进城来，在床沿大家默坐起。枫叶插在瓶里，放在桌上，后来枫叶干了坐在院心。常常有东西落在头上，啊，小圆枣滚在墙根处。枣树的命运渐渐完结着。晨间学校打钟了，正是上学的时候，梗妈穿起棉袄打着嚏喷在扫偎在墙根哭泣的落叶，我也打着嚏喷。梗妈捏了我的衣裳说，九月时节穿单衣服，怕是害凉。董从他房里跑出，叫我多穿件衣服，我不肯。经过阴凉的街道走进校门。在课室里可望到窗外黄叶的芭蕉。同学们一个跟着一个的向我问：

　　"你真耐冷，还穿单衣。"

　　"你的脸为什么紫色呢？"

"倒是关外人……"

她们说着，拿女人专有的眼神闪视。到晚间，嚏喷打得越多，头痛，两天不到校。上了几天课，又是两天不到校。

森森的天气紧逼着我，好像秋风逼着黄叶样，新历一月一日降雪了，我打起寒颤。开了门望一望雪天，呀！我的衣裳薄得透明了，结了冰般地。

跑回床上，床也结了冰般地。我在床上等着董哥，等得太阳偏西，董哥偏不回来。向梗妈借十个大铜板，于是吃烧饼和油条。

青野踏着白雪进城来，坐在椅间，他问：

"绿叶怎么不起呢？"

梗妈说："一天没起，没上学，可是董先生也出去一天了。"

青野穿的学生服，他摇摇头，又看了自己有洞的鞋底，走过来他站在床边又问：

"头痛不？"把手放在我头上试热。

说完话他去了，可是太阳快落时，他又回转来。董和我都在猜想。他把两元钱放在梗妈手里，一会就是门外送烤的小车子哗铃的响，又一会小煤炉在地心红着。同时，青野的被子进了当铺，从那夜起，他的被子没有了，盖着褥子睡。

这已往的事，在梦里，又关不住了。

门响，我知道是三郎回来了，我望了他，我又回到梦中。可是他在叫我：

"起来吧，悄悄，我们到朋友家去吃月饼。"

他的声音使我心酸，我知道今晚连买米的钱都没有，所以起来了，去到朋友家吃月饼。人嚣着，经过菜市，也经过睡在路侧的僵尸，酒醉得晕晕的，走回家来，两人就睡在清凉的夜里。

三年过去了，现在我认识的是新人，可是他也和我一样穷困，使我记起三年前的中秋节来。

镀金的学说

　　我的伯伯，他是我童年唯一崇拜的人物，他说起话有宏亮的声音，并且他什么时候讲话总关于正理，至少那个时候我觉得他的话是严肃的，有条理的，千真万对的。

　　那年我十五岁，是秋天，无数张叶子落了，回旋在墙根了！我经过北门旁在寒风里号叫着的老榆树，那榆树的叶子也向我打来。可是我抖擞着跑进屋去，我是参加一个邻居姐姐出嫁的筵席回来。一边脱换我的新衣裳，一边同母亲说，那好像同母亲吵嚷一般："妈，真的没有见过，婆家说新娘笨，也有人当面来羞辱新娘，说她站着的姿式不对，坐着的姿式不好看，林姐姐一声也不作，假若是我呀！哼！……"

　　母亲说了几句同情的话，就在这样的当儿，我听清伯父在呼唤我的名字。他的声音是那样低沉，平素我是爱伯父的，可是也怕他，于是我心在小胸膛里边惊跳着走出外房去。我的两手下垂，就连视线也不敢放过去。

　　"你在那里讲究些什么话？很有趣哩！讲给我听听。"伯伯说话的时候，他的眼睛流动着笑着，我知道他没有生气，并且我想他很愿意听我讲究。我就高声把那事又说了一遍，我且说且做出种种姿式来。等我说完的时候，我仍欢喜，说完了我把说话时跳打着的手足停下，静等着伯伯夸奖我呢！可是过了很多工夫，伯伯在桌子旁仍写他的文字。对于我好像没有反应，再等一会他对于我的讲话也绝对没有回响。至于我呢，我的小心房立刻感到压迫，我想我的错在什么地方？话讲的是很流利呀！讲话的速度也算是活泼呀！伯伯好像一块朽木塞住我的咽喉，我愿意快躲开他到别的房中去长叹一口气。

伯伯把笔放下了，声音也跟着来了："你不说假若是你吗？是你又怎么样？你比别人更糟糕，下回少说这一类话！小孩子学着夸大话，浅薄透了！假如是你，你比别人更糟糕，你想你总要比别人高一倍吗？再不要夸口，夸口是最可耻，最没出息。"

我走进母亲的房里时，坐在炕沿我弄着发辫，默不作声，脸部感到很烧很烧。以后我再不夸口了！

伯父又常常讲一些关于女人的服装的意见，他说穿衣服素色最好，不要涂粉，抹胭脂，要保持本来的面目。我常常是保持本来的面目，不涂粉不抹胭脂，也从没穿过花色的衣裳。

后来我渐渐对于古文有趣味，伯父给我讲古文，记得讲到《吊古战场文》那篇，伯父被感动得有些声咽，我到后来竟哭了！从那时起我深深感到战争的痛苦与残忍。大概那时我才十四岁。

又过一年，我从小学卒业就要上中学的时候，我的父亲把脸沉下了！他终天把脸沉下。等我问他的时候，他瞪一瞪眼睛，在地板上走转两圈，必须要过半分钟才能给一个答话："上什么中学？上中学在家上吧！"

父亲在我眼里变成一只没有一点热气的鱼类，或者别的不具着情感的动物。

半年的工夫，母亲同我吵嘴，父亲骂我："你懒死啦！不要脸的。"当时我过于气愤了，实在受不住这样一架机器压轧了。我问他："什么叫不要脸呢？谁不要脸！"听了这话立刻像火山一样暴裂起来。当时我没能看出他头上有火冒出没？父亲满头的发丝一定被我烧焦了吧！那时我是在他的手掌下倒了下来，等我爬起来时，我也没有哭。可是父亲从那时起他感到父亲的尊严是受了一大挫折，也从那时起每天想要恢复他的父权。他想做父亲的更该尊严些，或者加倍的尊严着才能压住子女吧？

可真加倍尊严起来了。每逢他从街上回来，都是黄昏时候，父亲一走到花墙的地方便从喉管作出响动，咳嗽几声啦！或是吐一口痰啦！后来渐渐我听他只是咳嗽而不吐痰，我想父亲一定会感着痰不够用了呢！我想做父亲的为什么必须尊严呢？或者因为做父亲的肚子太清洁？！把肚子里所有的痰都全部呕出来了？

一天天睡在炕上，慢慢我病着了！我什么心思也没有了！一班同学不升学的只有两三个，升学的同学给我来信告诉我，她们怎样打网球，学校怎样热闹，也说些我所不懂的功课。我愈读这样的信，病愈加重一点。

老祖父支住拐杖，仰着头，白色的胡子振动着说："叫樱花上学去吧！给她拿火车费，叫她收拾收拾起身吧！小心病坏了！"

父亲说："有病在家养病吧，上什么学，上学！"

后来连祖父也不敢向他问了，因为后来不管亲戚朋友，提到我上学的事他都是连话不答，出走在院中。

整整死闷在家中三个季节，现在是正月了。家中大会宾客，外祖母啜着汤食向我说："樱花，你怎么不吃什么呢？"

当时我好像要流出眼泪来，在桌旁的枕上，我又倒下了！

因为伯父外出半年是新回来，所以外祖母向伯父说："他伯伯，向樱花爸爸说一声，孩子病坏了，叫她上学去吧！"

伯父最爱我，我五六岁时他常常来我家，他从北边的乡村带回来榛子。冬天他穿皮大氅，从袖口把手伸给我，那冰寒的手呀！当他拉住我的手的时候，我害怕挣脱着跑了，可是我知道一定有榛子给我带来，我秃着头两手捏耳朵，在院子里我向每个货车夫问："有榛子没有？有榛子没有？"

伯父把我裹在大氅里，抱着我进去，他说："等一等给你榛子。"

我渐渐长大起来，伯父仍是爱我的，讲故事给我听。买小书给我看。等我入高级，他开始给我讲古文了！有时族中的哥哥弟弟们都唤来，也讲给他们听。可是书讲完他们临去的时候，伯父总是说："别看你们是男孩子，樱花比你们全强，真聪明。"

他们自然不愿意听了，一个一个退走出去。不在伯父面前他们齐声说："你好呵！你有多聪明！比我们这一群混蛋强得多。"

男孩子说话总是有点野，不愿听，便离开他们了。谁想男孩子们会这样放肆呢？他们扯住，要打我："你聪明，能当个什么用？我们有气力，要收拾你。""什么狗屁聪明，来，我们大家伙看看你的聪明到底在那里！"

伯父当着什么人也夸奖我："好记力，心机灵快。"

现在一讲到我上学的事，伯父微笑了："不用上学，家里请个老先生念念书就够了！哈尔滨的女学生们太荒唐。"

外祖母说："孩子在家里教养好，到学堂也没有什么坏处。"

于是伯父斟了一杯酒，夹了一片香肠放到嘴里，那时我多么不愿看他吃香肠呵！那一刻我是怎样恼烦着他？我讨厌他喝酒用的杯子，我讨厌他上唇生着的小黑髭，也许伯父没有观察我一下，他又说："女学生们靠不住，交男朋友啦！恋爱啦！我看不惯这些。"

从那时起伯父同父亲是没有什么区别。变成严凉的石块。

当年，我升学了，那不是什么人帮助我，是我自己向家庭施行的骗术。后一年暑假，我从外埠回家，我和伯父的中间，总感到一种淡漠的情绪，伯父对我似乎是客气了，似乎是有什么从中间隔离着了！

一天伯父上街去买鱼，可是他回来的时候，筐子是空空的。母亲问：

"怎么！没有鱼吗？"

"哼！没有。"

母亲又问："鱼贵吗？"

"不贵。"

伯父走进堂屋，坐在那里好像幻想着一般，后门外树上满挂着绿的叶子，伯父望着那些无知的叶子幻想，最后他小声唱起，像是有什么悲哀蒙蔽着他了！看他的脸色完全可怜起来。他的眼睛是那样忧烦的望着桌面，母亲说："哥哥头痛吗？"

伯父似乎不愿回答，摇着头，他走进屋倒在床上，很长时间，他翻转着，扇子他不用来摇风，在他手里乱响。他的手在胸膛上拍着，气闷着，再过一会，他完全安静下去，扇子任意丢在地板，苍蝇落在脸上，也不去搔它。

晚饭桌上了，伯父多喝了几杯酒，红着颜面向祖父说："菜市上看见王大姐了呢！"

王大姐，我们叫他王大姑，常听母亲说："王大姐没有妈，爹爹为了贫穷去为匪，只留这个可怜的孩子住在我们家里。"伯父很多情呢！伯父也会恋爱呢，伯父的屋子和我姑姑们的屋子挨着，那时我的三个姑姑全没出嫁。

一夜，王大姑没有回内房去睡，伯父伴着她哩！

祖父不知这件事，他说："怎么不叫她来家呢？"

"她不来，看样子是很忙。"

"呵！从出了门子总没见过，二十多年了！……二十多年了！"

祖父捻着斑白的胡子，他感到自己是老了！

伯父也感叹着："嗳！一转眼，老了！不是姑娘时候的王大姐了！头发白了一半。"

伯父的感叹和祖父完全不同，伯父是痛惜着他破碎的青春的故事。又想一想，他婉转着说，说时他神秘的有点微笑："我经过菜市，一个老太太回头看我，我走过，她仍旧看我。停在她身后，我想一想，是谁呢？过会我说：'是王大姐吗？'她转过身来，我问她：'在本街住吧？'她垂下头，我看见她的门牙脱落了两个。她说：'在本街住。'我叫她回来看看，她说她很忙，要回去烧饭，随后她走了，什么话也没说，提着空筐子走了！"

夜间，全家人都睡了，我偶然到伯父屋里去找一本书，因为对他，我连一点信仰也失去了，所以无言走出。

伯父愿意和我谈话似的："没睡吗？"

"没有。"

隔着一道玻璃门，我见他无聊的样子，翻着书和报，枕旁一只蜡烛，火光在起伏。伯父今天似乎是例外，同我讲了好些话，关于报纸上的，又关于什么年鉴上的。他看见我手里拿着一本花面的小书，他问："什么书？"

"小说。"

我不知道他的话是从什么地方说起："言情小说，《西厢》是妙绝，《红楼梦》也好。"

那夜伯父奇怪的向我笑，微微的笑，把视线斜着看住我。我忽然想起白天所讲的王大姑来了，于是给伯父倒一杯茶，我走出房来，让他伴着茶香来慢慢的回味着记忆中的姑娘吧！

我与伯伯的学说渐渐悬殊，因此感情也渐渐恶劣，我想什么给感情分开的呢？我需要恋爱，伯父也需要恋爱。伯父见着他年轻时候的情人痛苦，假若是我也是一样。

那么他与我有什么不同呢？不过伯伯相信的是镀金的学说。

广告员的梦想

有一个朋友到一家电影院去画广告，月薪四十元。画广告留给我一个很深的印象，我一面烧早饭一面看报，又有某个电影院招请广告员被我看到，立刻我动心了：我也可以吧？从前在学校时不也学过画吗？但不知月薪多少。

郎华回来吃饭，我对他说，他很不愿意做这事。他说：

"尽骗人。昨天别的报上登着一段招聘家庭教师的广告，我去接洽，其实去的人太多，招一个人，就要去十个，二十个……"

"去看看怕什么？不成，完事。"

"我不去。"

"你不去，我去。"

"你自己去？"

"我自己去！"

第二天早晨，我又留心那块广告，这回更能满足我的欲望。那广告又改登一次，月薪四十元，明明白白的是四十元。

"看一看去。不然，等着职业，职业会来吗？"我又向他说。

"要去，吃了饭就去，我还有别的事。"这次，他不很坚决了。

走在街上，遇到他一个朋友。

"到哪里去？"

"接洽广告员的事情。"

"就是《国际协报》登的吗？"

"是的。"

"四十元啊！"这四十元他也注意到。

十字街商店高悬的大表还不到十一点钟，十二点才开始接洽。已经寻找得好疲乏了，已经不耐烦了，代替接洽的那个"商行"才寻到。指明的是石头道街，可是那个"商行"是在石头道街旁的一条顺街尾上，我们的眼睛缭乱起来。走进"商行"去，在一座很大的楼房二层楼上，刚看到一个长方形的亮铜牌钉在过道，还没看到究竟是什么个"商行"，就有人截住我们："什么事？"

"来接洽广告员的！"

"今天星期日，不办公。"

第二天再去的时候，还是有勇气的。是阴天，飞着清雪。那个"商行"的人说：

"请到电影院本家去接洽吧。我们这里不替他们接洽了。"

郎华走出来就埋怨我：

"这都是你主张，我说他们尽骗人，你不信！"

"怎么又怨我？"我也十分生气。

"不都是想当广告员吗？看你当吧！"

吵起来了。他觉得这是我的过错，我觉得他不应该同我生气。

走路时，他在前面总比我快一些，他不愿意和我一起走的样子，好像我对事情没有眼光，使他讨厌的样子。冲突就这样越来越大，当时并不去怨恨那个"商行"，或是那个电影院，只是他生气我，我生气他，真正的目的却丢开了。两个人吵着架回来。

第三天，我再不去了。我再也不提那事，仍是在火炉板上烘着手。他自己出去，戴着他的飞机帽。

"南岗那个人的武术不教了。"晚上他告诉我。

我知道，就是那个人不学了。

第二天，他仍戴着他的飞机帽走了一天。到夜间，我也并没提起广告员的事。照样，第三天我也并没有提，我已经没有兴致想找那样的职业。可是他自动的，比我更留心，自己到那个电影院去过两次。

"我去过两次，第一回说经理不在，第二回说过几天再来吧。真他妈的！有什么劲，只为着四十元钱，就去给他们要宝！画的什么广告？什么情火啦，艳史啦，甜蜜啦，真是无耻和肉麻！"

他发的议论，我是不回答的。他愤怒起来，好像有人非捉他去做广告员不可。

"你说，我们能干那样无聊的事？去他娘的吧！滚蛋吧！"他竟骂起来，跟着，他就骂起自己来："真是混蛋，不知耻的东西，自私的爬虫！"

直到睡觉时，他还没忘掉这件事，他还向我说："你说，我们不是自私的爬虫是什么？只怕自己饿死，去画广告。画得好一点，不怕肉麻，多招来一些看情史的，使人们羡慕富丽，使人们一步一步地爬上去……就是这样，只怕自己饿死，毒害多少人不管，人是自私的东西，……若有人每月给二百元，不是什么都干了吗？我们就是不能够推动历史，也不能站在相反的方面努力败坏历史！"

他讲的使我也感动了，并且声音不自知地越讲越大，他已经开始更细地分析自己……

"你要小点声啊，房东那屋常常有日本朋友来。"我说。

又是一天，我们在"中央大街"闲荡着，很瘦很高的老秦在他肩上拍了一下。冬天下午三四点钟时，已经快要黄昏了，阳光仅仅留在楼顶，渐渐微弱下来，街路完全在晚风中，就是行人道上，也有被吹起的霜雪扫着人们的腿。

冬天在行人道上遇见朋友，总是不把手套脱下来就握手的。那人的手套大概很凉吧，我见郎华的赤手握了一下就抽回来。我低下头去，顺便看到老秦的大皮鞋上撒着红绿的小斑点。

"你的鞋上怎么有颜料？"

他说他到电影院去画广告了。他又指给我们电影院就是眼前那个，他说："我的事情很忙，四点钟下班，五点钟就要去画广告。你们可不可以帮我一点忙？"

听了这话，郎华和我都没回答。

"五点钟，我在卖票的地方等你们。你们一进门就能看见我。"老秦走开了。

晚饭吃的烤饼，差不多每张饼都半生就吃下的，为着忙，也没有到桌子上去吃，就围着炉边吃的。他的脸被火烤得通红。我是站着吃的。看一看新买的小表，五点了，所以连汤锅也没有盖起我们就走出了，汤在炉板上蒸着气。

不用说我是连一口汤也没喝，郎华已跑在我的前面。我一面弄好头上的帽子，一面追随他。才要走出大门时，忽然想起火炉旁还堆着一堆木柴，怕着了火，又回去看了一趟。等我再出来的时候，他已跑到街口去了。

他说我："做饭也不晓得快做！磨蹭，你看晚了吧！女人就会磨蹭，女人就能耽误事！"

可笑的内心起着矛盾。这行业不是干不得吗？怎么跑得这样快呢？他抢着跨进电影院的门去。我看他矛盾的样子，好像他的后脑勺也在起着矛盾，我几乎笑出来，跟着他进去了。

不知俄国人还是英国人，总之是大鼻子，站在售票处卖票。问他老秦，他说不知道。问别人，又不知道哪个人是电影院的人。等了半个钟头也不见老秦，又只好回家了。

他的学说一到家就生出来，照样生出来："去他娘的吧！那是你愿意去。那不成，那不成啊！人，这自私的东西，多碰几个钉子也对。"

他到别处去了，留我一个人在家。

"你们怎么不去找找？"老秦一边脱着皮帽，一边说。

"还到哪里找去？等了半点钟也看不到你！"

"我们一同走吧。郎华呢？"

"他出去了。"

"那么我们先走吧。你就是帮我忙，每月四十元，你二十，我二十，均分。"

在广告牌前站到十点钟才回来。郎华找我两次也没有找到，所以他正在房中生气。这一夜，我和他就吵了半夜。他去买酒喝，我也抢着喝了一半，哭了，两个人都哭了。他醉了以后在地板上嚷着说：

"一看到职业什么也不管就跑了，有职业，爱人也不要了！"

我是个很坏的女人吗？只为了二十元钱，把爱人气得在地板上滚着！醉酒的心，像有火烧，像有开水在滚，就是哭也不知道有什么要哭，已经失去了理智。他也和我同样。

第二天酒醒，是星期日。他同我去画了一天的广告。我是老秦的副手，他是我的副手。

第三天就没有去，电影院另请了别人。

广告员的梦到底做成了，但到底是碎了。

一条铁路的完成

一九二八年的故事，这故事，我讲了好几次。而每当我读了一节关于学生运动记载的文章之后，我就想起那年在哈尔滨的学生运动，那时候我是一个女子中学里的学生，是开始接近冬天的季节。我们是在二层楼上有着壁炉的课室里面读着英文课本。因为窗子是装着双重玻璃，起初使我们听到的声音是从那小小的通气窗传进来的。英文教员在写着一个英文字，他回一回头，他看一看我们，可是接着又写下去，一个字终于没有写完，外边的声音就大了，玻璃窗子好像在雨天里被雷声在抖着似的那么轰响。短板墙以外的石头道上在呼叫着的，有那许多人，我从来没有见过，使我想象到军队，又想象到马群，又想象到波浪……总之对于这个我有点害怕。校门前跑着拿长棒的童子军，而后他们冲进了教员室，冲进了校长室，等我们全体走下楼梯的时候，我听到校长室里在闹着。这件事情一点也不光荣，使我以后见到男学生们总带着对不住或软弱的心情。

"你不放你的学生出动吗？……我们就是钢铁，我们就是熔炉……"跟着听到有木棒打在门扇上或是地板上，那乱糟糟的鞋底的响声。这一切好像有一场大事件就等待着发生，于是有一种庄严而宽宏的情绪高涨在我们的血管里。

"走！跟着走！"大概那是领袖，他的左边的袖子上围着一圈白布，没有戴帽子，从楼梯向上望着，我看他们快要变成播音机了："走！跟着走！"

而后又看到了女校长的发青的脸，她的眼和星子似的闪动在她的恐惧中。

"你们跟着去吧！要守秩序！"她好像被鹰类捉拿到的鸡似的软弱，她是被拖在两个戴大帽子的童子军的臂膀上。

我们四百多人在大操场上排着队的时候，那些男同学们还满院子跑着，搜索着，好像对于小偷那种形式，侮辱！侮辱！他们竟搜索到厕所。

女校长那混蛋，刚一脱离了童子军的臂膀，她又恢复了那假装着女皇的架子。

"你们跟他们去，要守秩序，不能破格……不能和那些男学生们那样没有教养，那么野蛮……"而后她抬起一只袖子来，"你们知道你们是女学生吗？记得住吗？是女学生。"

在男学生们的面前，她又说了那样的话，可是一出校门不远，连对这侮辱的愤怒都忘记了。向着喇嘛台，向着火车站。小学校，中学校，大学校，几千人的行列……那时我觉得我是在这几千人之中，我觉得我的脚步很有力。凡是我看到的东西，已经都变成了严肃的东西，无论马路上的石子，或是那已经落了叶子的街树。

反正我是站在"打倒日本帝国主义"的喊声中了。

走向火车站必得经过日本领事馆。我们正向着那座红楼咆哮着的时候，一个穿和服的女人打开走廊的门扇而出现在闪烁的阳光里。于是那"打倒日本帝国主义"的大叫改为"就打倒你"！她立刻就把身子抽回去了。那座红楼完全停在寂静中，只是楼顶上的太阳旗被风在折合着。走在石头道街又碰到了一个日本女子，她背上背着一个小孩，腰间束了一条小白围裙，围裙上还带着花边，手中提着一棵大白菜。我们又照样做了，不说"打倒日本帝国主义"而说"就打倒你"！因为她是走马路的旁边，我们就用手指着她而喊着。另一方面，我们又用自己光荣的情绪去体会她狼狈的样子。

第一天叫做"游行""请愿"，道里和南岗去了两部分市区。这市区有点像租界，住民多是外国人。

长官公署、教育厅都去过了，只是"官们"出来拍手击掌地演了一篇说，结果还是"回学校去上课罢"！

日本要完成吉敦路这件事情，究竟"官们"没有提到。

在黄昏里，大队分散在道尹公署的门前，在那个孤立着的灰色的建筑物面前，装置着一个大圆的类似喷水池的东西。有一些同学就坐在那边沿上，一直坐到星子们在那建筑物的顶上闪亮了，那个"道尹"究竟还没有出来，只看见卫兵在台阶上，在我们的四围挂着短枪来回地在戒备着。而我们则流着鼻涕，全身打着抖在等候着。到底出来了一个姨太太，那声音我们一点也听不见。男同学们跺着脚，并且叫着，在我听来已经有点野蛮了："不要她……去……去……只有官僚才要她……"

接着又换了个大太太（谁知道是什么，反正是个老一点的），不甚胖，有点短。至于说些什么，恐怕也只有她自己的圆肚子才能够听到。这还不算什么惨事，我一回头看见了有几个女同学尿了裤子的（因为一整天没有遇到厕所的原故）。

第二天没有男同学来攫，是自动出发的，在南岗下许公路的大空场子上开的临时会议，这一天不是"游行"，不是"请愿"而要"示威"了。脚踏车队在空场四周绕行着，学生联合会的主席是个很大的脑袋的人，也没有戴帽子，只戴了一架眼镜。那天是个落着清雪的天气，他的头发在雪花里边飞着。他说的话使我很佩服，因为我从来没有晓得日本还与我们有这样大的关系，他说日本若完成了吉敦路可以向东三省进兵，他又说又经过高丽又经过什么……并且又听他说进兵进得那样快，也不是二十几小时？就可以把多少大兵向我们的东三省开来，就可以灭我们的东三省。我觉得他真有学问，由于崇敬的关系，我觉得这学联主席与我隔得好像大海那么远。

组织宣传队的时候，我站过去，我说我愿意宣传。别人都是被推举的，而我是自告奋勇的。于是我就站在雪花里开始读着我已经得到的传单。而后有人发给我一张小旗，过一会又有人来在我的胳膊上用扣针给我别上条白布，那上面还卡着红色的印章，究竟那红印章是什么字，我也没有看出来。

大队开到差不多是许公路的最终极，一转弯一个横街里去，那就是滨江县的管界。因为这界限内住的纯粹是中国人，和上海的华界差不多。宣传队走在大队的中间，我们前面的人已经站住了，并且那条横街口站着不少的警察，学联代表们在大队的旁边跑来跑去。昨天晚上他们就说："冲！冲！"我想这回就真的到了冲的时候了吧！

学联会的主席从我们的旁边经过，他手里提着一个银白色的大喇叭筒，他的嘴接到喇叭筒的口上，发出来的声音好像牛鸣似的：

"诸位同学！我们是不是有血的动物？我们愿不愿意我们的老百姓给日本帝国主义做奴才……"而后他跳着，因为激动，他把喇叭筒像是在向着天空，"我们有决心没有？我们怕不怕死？"

"不怕！"虽然我和别人一样地嚷着不怕，但我对这新的一刻工夫就要来到的感觉好像一棵嫩芽似的握在我的手中。

那喇叭的声音到队尾去了，虽然已经遥远了，但还是能够震动我的心脏。我低下头去看着我自己的被踏污了的鞋尖，我看着我身旁的那条阴沟，我整理着我的帽子，我摸摸那帽顶的毛球。没有束围巾，也没有穿外套。对于这个给我生了一种侥幸的心情！

"冲的时候，这样轻便不是可以飞上去了吗？"昨天计划今天是要"冲"的，但不知为什么，我总觉得我有点特别聪明。

大喇叭筒跑到前面去时，我就闪开了那冒着白色泡沫的阴沟，我知道"冲"的时候就到了。

我只感到我的心脏在受着拥挤，好像我的脚跟并没有离开地面而自然它就会移动似的。我的耳边闹着许多种声音，那声音并不大，也不远，也不响亮，可觉得沉重，带来了压力，好像皮球被穿了一个小洞嘶嘶的在透着气似的，我对我自己毫没有把握。

"有决心没有？"

"有决心！"

"怕死不怕死？"

"不怕死。"

这还没有反复完，我们就退下来了。因为是听到了枪声，起初是一两声，而后是接连着。大队已经完全溃乱下来，只一秒钟，我们旁边那阴沟里，好像猪似的浮游着一些人。女同学被拥挤进去的最多，男同学在往岸上提着她们，被提的她们满身带着泡沫和气味，她们那发疯的样子很可笑，用那挂着白沫和糟粕的戴着手套的手搔着头发，还有的像已经癫痫的人似的，她在人群中不停地跑着：那被她擦过的人们，他们的衣服上就印着各种不同的花印。

大队又重新收拾起来，又发着号令，可是枪声又响了，对于枪声，人们像是看到了火花似的那么热烈。关于"打倒日本帝国主义"，"反对日本完成吉敦路"这事情的本身已经被人们忘记了，惟一所要打倒的就是滨江县政府。到后来连县政府也忘记了，只"打倒警察；打倒警察……"这一场斗争到后来我觉得比一开头还有趣味。在那时，"日本帝国主义"，我相信我绝对没有见过，但是警察我是见过的，于是我就嚷着！

"打倒警察，打倒警察！"

我手中的传单，我都顺着风让它们飘走了，只带着一张小白旗和自己的喉咙从那零散下来的人缝中穿过去。

那天受轻伤的共有二十几个。我所看到的只是从他们的身上流下来的血还凝结在石头道上。

满街开起电灯的夜晚，我在马车和货车的轮声里追着我们本校回去的队伍，但没有赶上。我就拿着那卷起来的小旗走在行人道上，我的影子混杂着别人的影子一起出现在商店的玻璃窗上。我每走一步，我看到了玻璃窗里我帽顶的毛球也在颤动一下。

男同学们偶尔从我的身边经过，我听到他们关于受伤的议论和救急车。

第二天的报纸上躺着那些受伤的同学们的照片，好像现在的报纸上躺的伤兵一样。

以后，那条铁路到底完成了。

1937 年 11 月 27 日　汉口

长白山的血迹

  雄壮的长白山蜿蜒在辽宁省的东北部，而其余脉则迤逦至吉林与黑龙江之领域；它那雄浑的姿势，真不愧称为北国天然的障屏。那儿有丰富的产物，肥沃的土地，繁茂的森林，还有人民因适应环境而特具有的强健的体魄，热烈奔放的情感。北地的风光虽不及南国的温柔，绮丽；然而它的伟大，雄浑，也足使它傲视一切的。

  "九一八"早晨，敌人强暴的行为，轰动了全世界，群众的怒吼声也随着高潮的增长而潮漫了全国。有血性的勇敢的人民，不惜牺牲地用血与肉去渍染了敌人的炮弹，而那些无力抵抗的老懦的人民，也受了敌人铁蹄的蹂躏而填满了沟壑。长白山一集团的居民的安宁，无疑地也起了动摇，然而他们为了生存，为了自由，岂肯束手待毙，让那些凶恶的猛兽任意吞噬吗？不！他们怒吼着，他们不甘屈服，他们要奋斗，要挣扎，除非高耸的山峰陷为平野，头颅与血肉化为灰烬！他们同心合意的要给敌人以重大的致命伤，为被残害的同胞复仇，要敌人知道神明华胄的子孙不是他们所想象那样懦弱。

一股像瀑布大的仇恨在燃烧，使他们为争自由求生存的热情更为腾沸；一集团不同的意志已熔冶成了一颗共同的不可磨灭复仇的心了！

他们为了避躲敌人的侦探及强烈武器的摧残而潜伏在山穴之中，也曾穿着草绿色的战衣出没于稻禾田中而时给以敌人不意的袭击；因此，残缺的山河，还留得这弹丸般的干净之土，灿烂的青天白日的国旗还能在太空中飘扬！

时光很快地逝去，变色的山河在敌人掌之下已是五年了，他们也在风雨飘摇四面楚歌的环境中度过了这悠长的岁月。凶暴的敌人也渐渐感觉得这班青年的生存，是实现整个大陆政策美梦的掣肘，而且有无限的危机潜伏，于是下了一个残灭无余的决心。

敌人大量的兵力逼临了，然而经验过数年的战争经验陶冶的他们，是沉静着毫不惊惶，借了天然的护障及沉着应战更使敌人一筹莫展，最后的方法，也只有取包围的形式将整个长白山包围起来。又相持了八个月，他们用掠夺方式得来的军火，及储藏的食粮物已告罄，而他们所具有的：还是一颗热烈的共同的复仇心，一腔慷慨激昂为民族求生存而奋斗的壮志！

在这个时候，敌人的总攻击令又下了，无疑地，是这一集团忠勇的战士们的末日到临，因为他们已失掉了战斗力了。敌人的大炮轰破了他们的根据地，坦克军冲溃了他们的阵线，漫天的飞机在投着巨量的炸弹，炮声弹影里，化石和头颅化成了灰烬在空中飞扬，嵯峨耸矗的长白山是陷落了，他们是坠灭了，永恒地安息了，他们的鲜血所渲染了的原野开遍了灿烂的鲜花，象征着他们为民族求生存而奋斗的精神彪炳尘寰！

王阿嫂的死

一

　　草叶和菜叶都蒙盖上灰白色的霜。山上黄了叶子的树，在等候太阳。太阳出来了，又走进朝霞去。野甸上的花花草草，在飘送着秋天零落凄迷的香气。

　　雾气像云烟一样蒙蔽了野花、小河、草屋，蒙蔽了一切声息，蒙蔽了远近的山岗。

　　王阿嫂拉着小环，每天在太阳将出来的时候，到前村广场上给地主们流着汗；小环虽是七岁，她也学着给地主们流着小孩子的汗。现在春天过了，夏天过了……王阿嫂什么活计都做过，拔苗，插秧。秋天一来到，王阿嫂和别的村妇们都坐在茅檐下用麻绳把茄子穿成长串长串的，一直穿着。不管蚊虫把脸和手搔得怎样红肿，也不管孩子们在屋里喊叫妈妈吵断了喉咙。她只是穿着，穿啊，两只手像纺纱车一样，在旋转着穿……

　　第二天早晨，茄子就和紫色成串的铃当一样，挂满了王阿嫂家的前檐；就连用柳条编成的短墙上也挂满着紫色的铃当。别的村妇也和王阿嫂一样，檐前尽是茄子。

可是过不了几天，茄子晒成干菜了。家家都从房檐把茄子解下来，送到地主的收藏室去。王阿嫂到冬天只吃着地主用以喂猪的烂土豆，连一片干菜也不曾进过王阿嫂的嘴。

太阳在东边放射着劳工的眼睛。满山的雾气退去，男人和女人，在田庄上忙碌着。羊群和牛群在野甸子间，在山坡间，践踏并且寻食着秋天半憔悴的野花野草。

田庄上只是没有王阿嫂的影子，这却不知为了什么，竹三爷每天到广场上替张地主支配工人。现在竹三爷派一个正在拾土豆的小姑娘去找王阿嫂。

工人的头目，楞三抢着说：

"不如我去的好，我是男人走得快。"

得到竹三爷的允许，不到两分钟的工夫，楞三就跑到王阿嫂的窗前了：

"王阿嫂，为什么不去做工呢？"

里面接着就是回答声：

"叔叔来得正好，求你到前村把五妹子叫来，我头痛，今天不去做工。"

小环坐在王阿嫂的身边，她哭着，响着鼻子说："不是呀！我妈妈扯谎，她的肚子太大了！不能做工，昨夜又是整夜的哭，不知是肚子痛还是想我的爸爸？"

王阿嫂的伤心处被小环击打着，猛烈的击打着，眼泪都从眼眶转到嗓子方面去。她只是用手拍打着小环，她急性的，意思是不叫小环再说下去。

李楞三是王阿嫂男人的表弟。听了小环的话，像动了亲属情感似的，跑到前村去了。

小环爬上窗台，用她不会梳头的小手，在给自己梳着毛蓬蓬的小辫。邻家的小猫跳上窗台，蹲踞在小环的腿上，猫像取暖似的迟缓地把眼睛睁开，又合拢来。

远处的山反映着种种样的朝霞的彩色。山坡上的羊群、牛群，就像小黑点似的，在云霞里爬走。

小环不管这些，只是在梳自己毛蓬蓬的小辫。

二

在村里，五妹子、楞三、竹三爷，这都是公共的名称。是凡佣工阶级都是这样简单而不变化的名字。这就是工人阶级一个天然的标识。

五妹子坐在王阿嫂的身边，炕里蹲着小环，三个人在寂寞着。后山上不知是什么虫子，一到中午，就吵叫出一种不可忍耐的幽默和凄怨情绪来。

小环虽是七岁，但是就和一个少女般的会忧愁，会思量。她听着秋虫吵叫的声音，只是用她的小嘴在学着大人叹气。这个孩子也许因为母亲死得太早的缘故？

小环的父亲是一个雇工，在她还没生下来的时候，她的父亲就死了。在她五岁的时候她的母亲又死了。她的母亲是被张地主的大儿子张胡琦强奸后气愤而死的。

五岁的小环，开始做个小流浪者了。从她贫苦的姑家，又转到更贫苦的姨家。结果因为贫苦，不能养育她，最后她在张地主家过了一年煎熬的生活。竹三爷看不惯小环被虐待的苦处。当一天王阿嫂到张家去取米，小环正被张家的孩子们将鼻子打破，满脸是血时，王阿嫂把米袋子丢落在院心，走近小环，给她擦着眼泪和血。小环哭着，王阿嫂也哭了。

有竹三爷做主，小环从那天起，就叫王阿嫂做妈妈了。那天小环是扯着王阿嫂的衣襟来到王阿嫂的家里。

后山的虫子，不间断的，不曾间断的在叫。王阿嫂拧着鼻涕，两腮抽动，若不是肚子突出，她简直瘦得像一条龙。她的手也正和爪子一样，因为拔苗割草而骨节突出。她的悲哀像沉淀了的淀粉似的，浓重并且不可分解。她在说着她自己的话：

"五妹子，你想我还能再活下去吗？昨天在田庄上张地主是踢了我一脚。那个野兽，踢得我简直发晕了。你猜他为什么踢我呢？早晨太阳一出就做工，好身子倒没妨碍，我只是再也带不动我的肚子了！又是个正午时候，我坐在地梢的一端喘两口气，他就来踢了我一脚。"

拧一拧鼻涕又说下去：

"眼看着他爸爸死了三个月了，那是刚过了五月节的时候，那时仅四个月，现在这个孩子快生下来了。咳！什么孩子，就是冤家，他爸爸的性命是丧在张地主的手里，我也非死在他们的手里不可，我想谁也逃不出地主们的手去！"

五妹子扶她一下，把身子翻动一下：

"哟，可难为你了！肚子这样你可怎么在田庄上爬走啊？"

王阿嫂的肩头抽动得加速起来。五妹子的心跳着，她在悔恨地跳着，她开始在悔恨：

"自己太不会说话，在人家最悲哀的时节，怎能用得着十分体贴的话语来激动人家悲哀的感情呢？"

五妹子又转过话头来：

"人一辈子就是这样，都是你忙我忙，结果谁也不是一个死吗？早死晚死不是一样吗？"

说着她用手巾给王阿嫂擦着眼泪，揩着她一生流不尽的眼泪：

"嫂子你别太想不开呀！身子这种样，一劲忧愁，并且你看着小环也该宽心。那个孩子太知好歹了。你忧愁，你哭，孩子也跟着忧愁，跟着哭。倒是让我做点饭给你吃，看外边的日影快晌午了。"

五妹子心里这样相信着：

"她的肚子被踢得胎儿活动了！危险……死……"

她打开米桶，米桶是空着。

五妹子打算到张地主家去取米，从桶盖上拿下个小盆。王阿嫂叹息着说：

"不要去呀！我不愿看他家那种脸色，叫小环到后山竹三爷家去借点吧！"

小环捧着瓦盆爬上坡，小辫在脖子上摔搭搭搭地走向山后去了。山上的虫子在憔悴的野花间，叫着憔悴的声音啊！

三

王大哥在三个月前给张地主赶着起粪的车，因为马腿给石头折断，张地主扣留他一年的工钱。王大哥气愤之极，整天醉酒，夜里不回家，睡在人家的草堆上。后来他简直是疯了。看着小孩也打，狗也打，并且在田庄上乱跑，乱骂。张地主趁他睡在草堆的时候，遣人偷着把草堆点着了。王大哥在火焰里翻滚，在张地主的火焰里翻滚；他的舌头伸在嘴唇以外，他嚎叫出不是人的声音来。

有谁来救他呢？穷人连妻子都不是自己的。王阿嫂只是在前村田庄上拾土豆，她的男人却在后村给人家烧死了。

当王阿嫂奔到火堆旁边，王大哥的骨头已经烧断了！四肢脱落，脑壳竟和半个破葫芦一样，火虽熄灭，但王大哥的气味却在全村飘漾。

四围看热闹的人群们，有的擦着眼睛说：

"死得太可怜！"

也有的说：

"死了倒好，不然我们的孩子要被这个疯子打死呢！"

王阿嫂拾起王大哥的骨头来，裹在衣襟里，紧紧地抱着，发出喧天的哭声来。她这凄惨泌血的声音，飘过草原，穿过树林的老树，直到远处的山间，发出回响来。

每个看热闹的女人，都被这个滴着血的声音诱惑得哭了。每个在哭的妇人都在生着错觉，就像自己的男人被烧死一样。

别的女人把王阿嫂的怀里紧抱着的骨头，强迫地丢开，并且劝说着：

"王阿嫂你不要这样啊！你抱着骨头又有什么用呢？要想后事。"

王阿嫂不听别人的，她看不见别人，她只有自己。把骨头又抢着疯狂地包在衣襟下，她不知道这骨头没有灵魂，也没有肉体，一切她都不能辨明。她在王大哥死尸被烧的气味里打滚，她向不可解脱的悲痛用尽全力地哭啊！

满是眼泪的小环脸转向王阿嫂说：

"妈妈，你不要哭疯了啊！爸爸不是因为疯了才被人烧死的吗？"

王阿嫂，她听不到小环的话，鼓着肚子，涨开肺叶般的哭。她的手撕着衣裳，她的牙齿在咬着嘴唇。她和一匹吼叫的狮子一样。

后来张地主手提着蝇拂，和一只阴毒的老鹰一样，振动着翅膀，眼睛突出，鼻子向里勾曲着，调着他那有尺寸有阶级的步调从前村走来，用他压迫的口腔来劝说王阿嫂：

"天快黑了，还一劲哭什么？一个疯子死就死了吧，他的骨头有什么值钱！你回家做你以后的打算好了。现在我遣人把他埋到西岗子去。"

说着他向四周的男人们下个口令：

"这种气味……越快越好！"

妇人们的集团在低语：

"总是张老爷子，有多么慈心；什么事情，张老爷子都是帮忙的。"

王大哥是张老爷子烧死的，这事情妇人们不知道，一点不知道。田庄上的麦草打起流水样的波纹，烟筒里吐出来的炊烟，在人家的房顶上旋卷。

蝇拂子摆动着吸人血的姿势，张地主走回前村去。

穷汉们，和王大哥同类的穷汉们，摇煽着阔大的肩膀，王大哥的骨头被运到西岗上了。

四

三天过了，五天过了，田庄上不见王阿嫂的影子，拾土豆和割草的妇人们嘴里念道这样的话：

"她太艰苦了！肚子那么大，真是不能做工了！"

"那天张地主踢了她一脚，五天没到田庄上来。大概是孩子生了，我晚上去看看。"

"王大哥被烧死以后，我看王阿嫂就没心思过日子了。一天东哭一场，西哭一场的，最近更厉害了！那天不是一面拾土豆，一面流着眼泪！"

又一个妇人皱起眉毛来说：

"真的，她流的眼泪比土豆还多。"

另一个又接着说：

"可不是吗？王阿嫂拾得的土豆，是用眼泪换得的。"

热情在激动着，一个抱着孩子拾土豆的妇人说：

"今天晚上我们都该到王阿嫂家去看看，她是我们的同类呀！"

田庄上十几个妇人用响亮的嗓子在表示赞同。

张地主走来了，她们都低下头去工作着。张地主走开，她们又都抬起头来；就像被风刮倒的麦草一样，风一过去，草梢又都伸立起来；她们说着方才的话：

"她怎能不伤心呢？王大哥死时，什么也没给她留下。眼看又来到冬天，我们虽是有男人，怕是棉衣也预备不齐。她又怎么办呢？小孩子若生下来她可怎么养活呢？我算知道，有钱人的儿女是儿女，穷人的儿女，分明就是孽障。"

"谁不说呢？听说王阿嫂有过三个孩子都死了！"

其中有两个死去男人，一个是年轻的，一个是老太婆。她们在想起自己的事，老太婆想着自己男人被轧死的事，年轻的妇人想着自己的男人吐血而死的事，只有这俩妇人什么也不说。

张地主来了，她们的头就和向日葵似的在田庄上弯弯地垂下去。

小环的叫喊声在田庄上、在妇人们的头上响起来：

"快……快来呀！我妈妈不……不能，不会说话了！"

小环是一个被大风吹着的蝴蝶，不知方向，她惊恐的翅膀痉挛的在振动；她的眼泪在眼眶里急得和水银似的不定形地滚转；手在捉住自己的小辫，跺着脚，破着声音喊：

"我妈……妈怎么了……她不说话……不会呀！"

五

等到村妇挤进王阿嫂屋门的时候，王阿嫂自己已经在炕上发出她最后沉重的嚎声，她的身子早被自己的血浸染着，同时在血泊里也有一个小的、新的动物在挣扎。

王阿嫂的眼睛像一个大块的亮珠，虽然闪光而不能活动。她的嘴张得怕人，像猿猴一样，牙齿拼命地向外突出。

村妇们有的哭着，也有的躲到窗外去，屋子里散散乱乱，扫帚、水壶、破鞋，满地乱摆。邻家的小猫蹲缩在窗台上。小环低垂着头在墙角间站着，她哭，她是没有声音的在哭。

王阿嫂就这样的死了！新生下来的小孩，不到五分钟也死了！

六

月亮穿透树林的时节，棺材带着哭声向西岗子移动。村妇们都来相送，拖拖落落，穿着种种样样擦满油泥的衣服，这正表示和王阿嫂同一个阶级。

竹三爷手携着小环，走在前面。村狗在远处惊叫。小环并不哭，她依持别人，她的悲哀似乎分给大家担负似的，她只是随了竹三爷踏着贴在地上的树影走。

王阿嫂的棺材被抬到西岗子树林里。男人们在地面上掘坑。

小环，这个小幽灵，坐在树根下睡了。林间的月光细碎地飘落在小环的脸上。她两手扣在膝盖间，头搭在手上，小辫在脖子上给风吹动着，她是个天然的小流浪者。

棺材合着月光埋到土里了，像完成一件工作似的，人们扰攘着。

竹三爷走到树根下摸着小环的头发：

"醒醒吧，孩子，回家了！"

小环闭着眼睛说：

"妈妈，我冷呀！"

竹三爷说：

"回家吧！你哪里还有妈妈？可怜的孩子，别说梦话！"

醒过来了，小环才明白妈妈今天是不再搂着她睡了。她在树林里，月光下，妈妈的坟前，打着滚哭啊……

"妈妈……你不要……我了！让我跟跟跟谁睡……睡觉呀？

"我……还要回到……张……张张地主家去挨打吗？"她咬住嘴唇哭。

"妈妈，跟……跟我回……回家吧……"

远近处颤动这小姑娘的哭声，树叶和小环的哭声一样交接的在响，竹三爷同别的人一样在擦揉眼睛。

林中睡着王大哥和王阿嫂的坟墓。

村狗在远近的人家吠叫着断续的声音……

1933 年 5 月 21 日

夜　风

一

老祖母几夜没有安睡，现在又是抖着她的小棉袄了。小棉袄一拿在祖母的手里，就怪形地在作恐吓相。仿佛小棉袄会说出祖母所不敢说出的话似的。外面风声又起了，……刷刷……

祖母变得那样可怜，小棉袄在手里总是那样拿着。窗纸也响了。没有什么，是远村的狗吠。身影在壁间摇摇，祖母灭下烛，睡了。她的小棉袄又放在被边，可是这也没有什么，祖母几夜都是这样睡的。

屋中并不黑沉，虽是祖母熄了烛。披着衣裳的五婶娘，从里间走出来，这时阴惨的月光照在五婶娘的脸上，她站在地心用微而颤的声音说：

"妈妈，远处许是来了马队，听，有马蹄响呢！"

老祖母还没忘掉做婆婆特有的口语向五婶娘说：

"可恶的×××又在寻死。不碍事，睡觉吧。"

五婶娘回到自己的房里，想唤醒她的丈夫，可是又不敢。因为她的丈夫从来就英勇，在村中是著名的，没怕过什么人。枪放得好，马骑得好。前夜五婶娘吵着×××是挨了丈夫的骂。

不碍事，这话正是碍事，祖母的小棉袄又在手中颠倒了。她把袖子当作领来穿。没有燃烛，斜歪着站起来，可是又坐下了。这时，已经把壁间落满灰尘的铅弹枪取下来，在装子弹。她想走出去上炮台望一下，其实她的腿早已不中用了，她并不敢放枪。

远村的狗吠得更甚了，像人马一般的风声也上来了。院中的几个炮手，还有老婆婆的七个儿子通统起来了。她最小的儿子还没上炮台，在他自己的房中抱着他新生的小宝宝。

老祖母骂着：

"呵！太不懂事务了，这是什么时候？还没有急性呀！"

这个儿子，平常从没挨过骂，现在也挨骂了。接着小宝宝哭叫起来，别的房中，别的宝宝，也哭叫起来。

可不是吗？马蹄响近了，风声更恶，站在炮台上的男人们持着枪杆，伏在地下的女人们抱着孩子。不管那一个房中都不敢点灯，听说×××是找光明的。

大院子里的马棚和牛棚，安静着，像等候恶运似的。可是不然了，鸡、狗和鸭鹅们，都闹起来，就连放羊的童子也在院中乱跑。

马，认清是马形了；人，却分不清是什么人。天空是月，满山白雪，风在回转着，白色的山无止境地牵连着。在浩荡的天空下，南山坡口，游动着马队，蛇般地爬来了。二叔叔在炮台里看见这个，他想灾难算是临头了，一定是来攻村子的。他跑向下房去，每个雇农给一支枪，雇农们欢喜着，他们想：

"地主多么好啊！张二叔叔多么仁慈啊！老早就把我们当作家人看待的，现在我们共同来御敌吧！"

往日地主苛待他们，就连他们最反对的减工资，现在也不恨了，只有御敌是当前要做的。不管厨夫，也不管是别的役人，都喜欢着提起枪跑进炮台去。因为枪是主人从不放松给他们拿在手里。尤其欢喜的是牧羊的那个童子——长青。他想，我有一支枪了，我也和地主的儿子们一样地拿着枪了。长青的衣裳太破，裤子上的一个小孔，在抢着上炮台时裂了个大洞。

人马近了，大道上飘着白烟，白色的山和远天相结，天空的月澈底地照着，马像跑在空中似的。这也许是开了火吧！……砰砰……炮手们看得清是几个探兵作的枪声。

长青在炮台的一角，把住他的枪，也许是不会放，站起来，把枪嘴伸出去，朝着前边的马队。这马队就是地主的敌人。他想这是机会了。二叔叔在后面止住他：

"不要放，等近些放！"

绕路去了，数不尽的马的尾巴渐渐消失在月夜中了。墙外的马响着鼻子，马棚里的马听了也在响鼻子。这时，老祖母欢喜地喊着孙儿们：

"不要尽在冷风里，你们要进屋来暖暖，喝杯热茶。"

她的孙儿们强健地回答：

"奶奶，我们全穿皮袄，我们在看守着，怕贼东西们再转回来。"

炮台里的人稀疏了。是凡地主和他们的儿子都转回屋去，可是长青仍蹲在那里，作一个小炮手的模样，枪嘴向前伸着，但棉裤后身作了个大洞，他冷得几乎是不能耐，要想回房去睡。但是没有当真那么做。因为他想起了地主张二叔叔平常对他的训话了："为人要忠。你没看见古来有忠臣孝子吗？忍饿受寒，生死不怕，真是可佩服的。"

长青觉得这正是尽忠，也是尽孝的时候，恐怕错了机会似的，他在捧着枪，也在作一个可佩服的模样。裤子在屁股间裂着一个大洞。

二

这人是谁呢？头发蓬着，脸没有轮廓，下垂的头遮盖住，暗色的房间破乱得正像地主们的马棚。那人在啼哭着，好像失去丈夫的乌鸦一般。屋里的灯灭了，窗上的影子飘忽失去。

两棵立在门前的大树光着身子在嚎叫已经失去的他的生命。风止了，篱笆也不响了。整个的村庄默得不能再默。儿子，长青，回来了。

在屋里啼哭着，穷困的妈妈听得外面有踏雪声，她想这是她的儿子吧？可是她又想，儿子十五天才可以回一次家，现在才十天，并且脚步也不对，她想这是一个过路人。

柴门开了，柴门又关了，篱笆上的积雪，被振动落下来，发响。

妈妈出去像往日一样，把儿子接进来，长青的腿软得支不住自己的身子，他是斜歪着走回来的，所以脚步差错得使妈妈不能听出。现在是躺在炕上，脸儿青青地流着鼻涕；妈妈不晓得是发生了什么事。

心痛的妈妈急问：

"儿呀，你又牧失了羊吗？主人打了你吗？"

长青闭着眼睛摇头。妈妈又问：

"那是发生了什么事？来对妈妈说吧！"

长青是前夜看守炮台冻病了的，他说：

"妈妈，前夜你没听着马队走过吗？张二叔叔说×××是万恶之极的，又说专来杀小户人家。我举着枪在炮台里站了半夜。"

"站了半夜又怎么样呢？张二叔打了你吗？"

"妈妈，没有，人家都称我们是小户人家，我怕马队杀妈妈，所以我在等候着打他们。"

"我的孩子，你说吧，你怎么会弄得这样呢？"

"我的裤子不知怎么弄破了，于是我就病了！"

妈妈的心好像是碎了！她想丈夫死去三年，家里从没买过一尺布和一斤棉。于是她把儿子的棉袄脱了下来，面着灯照了照，一块很厚的，另一块是透着亮。

长青抽着鼻子哭，也许想起了爸爸。妈妈放下了棉袄，把儿子抱过来。

豆油灯像在打寒颤似的，火苗哆嗦着。唉，穷妈妈抱着病孩子。

三

张老太太又在抖着她的小棉袄了。因为她的儿子们不知辛苦了多少年，才做了个地主；几次没把财产破坏在土匪和叛兵的手里，现在又闹 × 军，她当然要抖她的小棉袄啰。

张二叔叔走过来，看着妈妈抖得怪可怜的，他安慰着：

"妈妈，这算不了什么，您想，我们的炮手都很能干呢。并且恶霸们有天理来昭彰，妈妈您睡下吧，不要起来，没有什么事。"

"可是我不能呢，我不放心！"

张老太太说着，外面枪响了。全家的人像上次一样，男的提枪，女的抱着孩子。风声似乎更紧，树林在啸。

这是一次虚惊，前村捉着个小偷。一阵风云又过了。在乡间这样的风云是常常闹的。老祖母的惊慌似乎成了癖。全家的人，管谁都在暗笑她的小棉袄。结果就是什么事没发生，但，她的小棉袄仍是不留意地拿在手里，虽是她只穿着件睡觉的单衫。

张二叔叔同他所有的弟兄们坐在老太太的炕沿上，老六开始说：

"长青那个孩子，怕不行，可以给他结账的。有病不能干活计的孩子，活着又有什么用？"

说着，把烟卷放在嘴里，抱起他三年前就患着瘫病的儿子走回自己的房子去了。

张老太太说：

"长青那是我叫他来的，多做活少做活的不说，就算我们行善，给他碗饭吃，他那样贫寒。"

大媳妇含着烟袋，她是四十多岁的婆子。二媳妇是个独腿人，坐在她自己的房里。三媳妇也含着烟袋在喊三叔叔回房去睡觉。老四、老五，以至于老七这许多儿媳妇都向老太太问了晚安才退去。老太太也觉得困了似的，合起眼睛抽她的长烟袋。

长青的妈妈——洗衣裳的婆子来打门，温声地说：

"老太太，上次给我吃的咳嗽药再给我点吃吧！"

张老太太也是温和着说：

"给你这片吃了，今夜不会咳嗽的，可是再给你一片吧。"

洗衣裳的婆子暗自非常感谢张老太太，退回那间靠近草棚的黑屋子去睡了。

第二天，天将黑的时候，在大院的绳子上，挂满了黑色的、白色的，地主的小孩的衣裳，以及女人的裤子。就是这个时候，晒在绳子上的衣服有浓霜透出来，冻得挺硬，风刮得有铿锵声。洗衣裳的婆子咳嗽着，她实在不能再洗了，于是走到张老太太的房里：

"张老太太，我真是废物呢，人穷又生病！"

她一面说一面咳嗽：

"过几天我一定来把所有余下的衣服洗完。"

她到地心那个桌子下，取她的包袱，里面是张老太太给她的破毡鞋；二婶子和别的婶子给她的一些棉花和裤子之类。这时，张老太太在炕里含着她的长烟袋。

洗衣裳的婆子有个破落无光的家屋，穿的是张老太太穿剩的破毡鞋。可是张老太太有着明亮的镶着玻璃的温暖的家，穿的是从城市里新买回来的毡鞋。这两个老婆婆比在一起，是非常有趣的。很巧，牧羊的长青走进来，张二叔叔也走进来。老婆婆是这样两个不同形的，生出来的儿子当然两样：一个是掷着鞭子的牧人，一个是把着算盘的地主。

张老太太扭着她不是心思的嘴角问：

"我说，老李，你一定要回去吗？明天不能再洗一天吗?"

用她昏花的眼睛望着老李。老李说：

"老太太，不要怪我，我实在做不下去了!"

"穷人的骨头想不到这样值钱。我想，你的儿子不知是靠谁的力量才在这里呆得住。也好。那么，昨夜给你那药片，为着今夜你咳嗽来吃它，现在你可以回家去养着去了，把药片给我吧，那是很贵呢，不要白废了!"

老李把深藏在包袱里的那片预备今夜回家吃的药片拿出来。

老李每月要来给张地主洗五次衣服，每次都是给她一些萝卜或土豆，这次都没给。

老婆子夹着几件地主的媳妇们给她的一些破衣服，这也就是她的工银。

老李走在有月光的大道上，冰雪闪着寂寂的光。她寡妇的脚踏在雪地上，就象一只单身的雁，在哽咽着她孤飞的寂寞。树空着枝干，没有鸟雀。什么人全都睡了。在树儿的那端有她的家屋出现。

打开了柴门，连个狗儿也没有，谁出来迎接她呢？

四

两天过后，风声又紧了！真的×军要杀小户人家吗？怎么都潜进破落村户去？李婆子家也曾住过那样的人。

长青真的结了账了，背着自己的小行李走在风雪的路上。好像一个流浪的、丧失了家的小狗，一进家屋他就哭着，他觉得绝望。吃饭，妈妈是没有米的，他不用妈妈问他就自己诉说怎样结了账，怎样赶他出来，他越想越没路可走，哭到委屈的时候，脚在炕上跳，用哀惨的声音呼着他的妈妈：

"妈妈，我们吊死在爹爹坟前的树上吧！"

可是这次，出乎意料的，妈妈没有哭，没有同情他，只是说：

"孩子，不要胡说了，我们有办法的。"

长青拉着妈妈的手，奇怪的，怎么妈妈会变了呢？怎么变得和男人一样有主意呢？

五

前村的消息传来的时候，张二叔叔的家里还没吃早饭。

整个的前村和×军混成一团了。有的说是在宣传，有的说是在焚房屋，屠杀贫农。

张二叔叔放探出去，两个炮手背上大枪和小枪，用鞭子打着马，刺面的严冬的风夺面而过。可是他们没有走到地点就回来了，报告是这样：

"不知这是什么埋伏，村民安静着，鸡犬不惊的，不知在做些什么？"

张二叔叔问："那末你们看见些什么呢？"

"我们是站在山坡往下看的，没有马槽，把草摊在院心，马匹在急吃着草，那些恶棍们和家人一样在院心搭着炉，自己做饭。"

全家的人挤在老祖母的门里门外，眼睛瞪着。全家好像窒息了似的。张二叔叔点着他的头："唔！你们去吧！"

这话除了他自己，别人似乎没有听见。关闭的大门外面有重车轮轧轧经过的声音。

可不是吗，敌人来了，方才吓得像木雕一般的张老太太也扭走起来。

张二叔叔和一群小地主们捧着枪不放，希望着马队可以绕道过去。马队是过去了一半，这次比上次的马匹更多。使张二叔叔纳闷的是后半部的马队还夹杂着爬犁小车，并且车上像有妇女们坐着。更近了，张二叔叔是千真万确看见了一些雇农：李三，刘福，小秃……一些熟识的佃农。张二叔叔气得仍要动起他地主的怒来大骂。

兵们从东墙回转来，把张二叔叔的房舍包围了，开了枪。

这不是夜，没有风。这是在光明的朝阳下，张二叔叔是第一个倒地。在他一秒钟清醒的时候，他看见了长青和他的妈妈——李婆子，也坐在爬犁上，在挥动着拳头……

弃　儿

一

水就像远天一样，没有边际地漂漾着，一片片的日光在水面上浮动着。大人、小孩和包裹青绿颜色，安静的不慌忙的小船朝向同一的方向走去，一个接着一个……

一个肚子凸得馒头般的女人，独自地在窗口望着。她的眼睛就如块黑炭，不能发光，又暗淡，又无光，嘴张着，胳膊横在窗沿上，没有目的地望着。

有人打门，什么人将走进来呢？那脸色苍苍，好像盛满面粉的布袋一样，被人挪了进来的一个面影。这个人开始谈话了："你倒是怎么样呢？才几个钟头水就涨得这样高，你不看见？一定得有条办法，太不成事了，七个月了，共欠了四百块钱。王先生是不能回来的。男人不在，当然要向女人算账……现在一定不能再没有办法了。"正一正帽头，抖一抖衣袖，他的衣裳又像一条被倒空了的布袋，平板的，没有皱纹，只是眼眉往高处抬了抬。

女人带着她的肚子，同样地脸上没有表情，嘴唇动了动："明天就有办法。"她望着店主脚在衣襟下迈着八字形的步子，鸭子样地走出屋门去。

她的肚子不像馒头，简直是小盆被扣在她肚皮上，虽是长衫怎样宽大，小盆还是分明地显露着。

倒在床上，她的肚子也被带到床上，望着棚顶，由马路间小河流反照在水面，不定形地乱摇，又夹着从窗口不时冲进来嘈杂的声音。什么包袱落水啦！孩子掉下阴沟啦！接续的，连绵的，这种声音不断起来，这种声音对她似两堵南北不同方向立着的墙壁一样，中间没有连锁。

"我怎么办呢？没有家，没有朋友，我走向哪里去呢？只有一个新认识的人，他也是没有家呵！外面的水又这样大，那个狗东西又来要房费，我没有……"她似乎非想下去不可，像外边的大水一样，不可抑止地想："初来这里还是飞着雪的时候，现在是落雨的时候了。刚来这里肚子是平平的，现在却变得这样了……"她用手摸着肚子，仰望天棚的水影，被褥间汗油的气味，在发散着。

二

天黑了，旅馆的主人和客人都纷搅地提着箱子，拉着小孩走了。就是昨天早晨楼下为了避水而搬到楼上的人们，也都走了。骚乱的声音也跟随地走了。这里只是空空的楼房，一间挨着一间关着门，门里的帘子默默地静静地长长地垂着，从嵌着玻璃的地方透出来。只有楼下的一家小贩，一个旅馆的杂役和一个病了的妇人男人伴着她留在这里。满楼的窗子散乱乱地开张和关闭，地板上的尘土地毯似的摊着。这里荒凉得就如兵已开走的营垒，什么全是散散乱乱得可怜。

水的稀薄的气味在空中流荡，沉静的黄昏在空中流荡，不知谁家的小猪被丢在这里，在水中哭喊着绝望的来往的尖叫。水在它的身边一个连环跟着一个连环地转，猪被围在水的连环里，就如一头苍蝇或是一头蚊虫被绕入蜘蛛的网丝似的，越挣扎，越感觉网丝是无边际的大。小猪横卧在板排上，它只当遇了救，安静的，眼睛在放希望的光。猪眼睛流出希望的光和人们想吃猪肉的希望绞结在一起，形成了一条不可知的绳。

猪被运到那边的一家屋子里去。

黄昏慢慢的耗，耗向黑沉沉的像山谷，像壑沟一样的夜里去。两侧楼房高大空间就是峭壁，这里的水就是山涧。

依着窗口的女人，每日她烦得像数着发丝一般的心，现在都躲开她了，被这里的深山给吓跑了。方才眼望着小猪被运走的事，现在也不占着她的心了，只觉得背上有些阴冷。当她踏着地板的尘土走进单身房的时候，她的腿便是用两条木做的假腿，不然就是别人的腿强接在自己的身上，没有感觉，不方便。

整夜她都是听到街上的水流唱着胜利的歌。

三

每天在马路上乘着车的人们现在是改乘船了。马路变成小河，空气变成蓝色，而脆弱的洋车夫们往日他是拖着车，现在是拖船。他们流下的汗水不是同往日一样吗？带有咸脊和酸笨重的气味。

松花江决堤三天了，满街行走大船和小船，用箱子当船的也有，用板子当船的也有，许多救济船在嚷，手中摇摆黄色旗子。

住在二层楼上那个女人，被只船载着经过几条狭窄的用楼房砌成河岸的小河，开始向无际限闪着金色光波的大海奔去。她呼吸着这无际限的空气，她第一次与室窗以外的太阳接触。江堤沉落到水底去了，沿路的小房将睡在水底，人们在房顶蹲着。小汽船江鹰般地飞来了，又飞过去了，留下排成蛇阵的弯弯曲曲的波浪在翻卷。那个女人的小船行近波浪，船沿和波浪相接触着摩擦着。船在浪中打转，全船的人脸上没有颜色的惊恐，她尖叫了一声，跳起来，想要离开这个漂荡的船，走上陆地去。但是陆地在哪里？

满船都坐着人，都坐着生疏的人。什么不生疏呢？她用两个惊恐、忧郁的眼睛，手指四张的手摸抚着突出来的自己的肚子。天空生疏，太阳生疏，水面吹来的风夹带水的气味，这种气味也生疏。只有自己的肚子接近，不辽远，但对自己又有什么用处呢？

那个波浪是过去了，她的手指还是四处张着，不能合拢——今夜将住在菲家呢？为什么蓓力不来接我，走岔路了吗？假设方才翻倒过去不是什么全完了吗？也不用想这些了。

六七个月不到街面，她的眼睛缭乱，耳中的受音器也不服支配了，什么都不清楚。在她心里只感觉热闹。同时她也分明地考察对面驶来的每个船只，有没有来接她的蓓力，虽然她的眼睛是怎样缭乱。

她嘴张着，眼睛瞪着，远天和太阳辽阔的照耀。

四

一家楼梯间站着那个女人，屋里抱小孩的老婆婆猜问着：你是芹吗？

芹开始同主妇谈着话，坐在圈椅间，她冬天的棉鞋，显然被那个主妇看得清楚呢。主妇开始说："蓓力去伴你来不看见吗？那一定是走了岔路。"一条视线直追着芹的全身而泻流过来，芹的全身每个细胞都在发汗，紧张、急躁，她暗恨自己为什么不迟来些，那就免得蓓力到那里连个影儿都不见，空虚地转了来。

芹到窗口吸些凉爽的空气，她破旧褴衫的襟角在缠着她的膝盖跳舞。当蓓力同芹登上细碎的月影在水池边绕着的时候，那已是当日的夜，公园里只有蚊虫嗡嗡地飞。他们相依着，前路似乎给蚊虫遮断了，冲穿蚊虫的阵，冲穿大树的林，经过两道桥梁，他们在亭子里坐下，影子相依在栏杆上。

高高的大树，树梢相结，像一个用纱制成的大伞，在遮着月亮。风吹来大伞摇摆，下面洒着细碎的月光，春天出游少女一般地疯狂呵！蓓力的心里和芹的心里都有一个同样的激动，并且这个激动又是同样的秘密。

五

芹住在旅馆孤独的心境，不知都被什么赶到什么地方了。就是蓓力昨夜整夜不睡的痛苦，也不知被什么赶到什么地方了？

他为了新识的爱人芹，痛苦了一夜，本想在决堤第二天就去接芹到非家来，他像一个破了的摇篮一样，什么也盛不住，衣袋里连一毛钱也没有。去当掉自己流着棉花的破被吗？哪里肯要呢？他开始把他最好的一件制服从床板底下拿出来，拍打着尘土。他想这回一定能当一元钱的，五角钱给她买吃的送去，剩下的五角伴她乘船出来用作船费，自己尽可不必坐船去，不是在太阳岛也学了几招游泳吗？现在真的有用了。他腋挟着这件友人送给的旧制服，就如挟着珍珠似的，脸色兴奋。一家当铺的金字招牌，混杂着商店的招牌，饭馆的招牌。在这招牌的林里，他是认清哪一家是当铺了，他欢笑着，他的脸欢笑着。当铺门关了，人们嚷着正阳河开口了。回来倒在床上，床板硬得和一张石片。他恨自己了，昨天到芹那里去为什么把裤带子丢了。就是游泳着去，也不必把裤带子解下抛在路旁，为什么那样兴奋呢？蓓力心如此想，手就在腰间摸着新买的这条皮带。他把皮带抽下来，鞭打着自己。为什么要用去五角钱呢，只要有五角钱，用手提着裤子不也是可以把自己的爱人伴出来吗？整夜他都是在这块石片的床板上懊悔着。

六

他住在一家饭馆的后房，他看着棚顶在飞的蝇群，壁间爬走的潮虫，他听着烧菜铁勺的声音，前房食堂间酒盅声，舞女们伴着舞衣摩擦声，门外叫化子乞讨声，像箭一般地，像天空繁星一般地，穿过嵌着玻璃的窗子一棵棵地刺进蓓力的心去。他眼睛放射红光，半点不躲避。安静的蓓力不声响地接受着。他懦弱吗？他不知痛苦吗？天空在闪烁的繁星，都晓得蓓力是怎么存心的。

就像两个从前线退回来的兵士，一离开前线，前线的炮火也跟着离开了。蓓力和芹只顾坐在大伞下听风声和树叶的叹息。

蓓力的眼睛实在不能睁开了。为了躲避芹的觉察还几次地给自己做着掩护，说起得早一点，眼睛有些发花。芹像明白蓓力的用意一样，芹又给蓓力作着掩护的掩护："那么我们回去睡觉吧。"

公园门前横着小水沟，跳过水沟来斜对的那条街，就是非家了。他们向非家走去。

七

地面上旅行的两条长长的影子，在浸渐的消泯。就像两条刚被主人收留下的野狗一样，只是吃饭和睡觉才回到主人家里，其余尽是在街头跑着蹲着。

蓓力同他新识的爱人芹，在友人家中已是一个星期过了。这一个星期无声无味地飞过去。街口覆放着一只小船，他们整天坐在船板上。公园也被水淹没了，实在无处可去，左右的街巷也被水淹没了，他们两颗相爱的心也像有水在追赶着似的。一天比一天接近感到拥挤了。两颗心膨胀着，也正和松花江一样，想寻个决堤的出口冲出去。这不是想只是需要。

一天跟着一天寻找，可是左右布的密阵地一天天的高，一天天的厚，两颗不得散步的心，只得在他们两个相合的手掌中狂跳着。

蓓力也不住在饭馆的后房了，同样是住在非家，他和芹也同样地离着。每天早起，不是蓓力到内房去推醒芹，就是芹早些起来，偷偷地用手指接触着蓓力的脚趾。他的脚每天都是抬到藤椅的扶手上面，弯弯的伸着。蓓力是专为芹来接触而预备着这个姿势吗？还是藤椅短放不开他的腿呢？他的脚被捏得作痛醒转来，身子就是一条弯着腰的长虾，从藤椅间钻了出来，藤椅就像一只虾笼似的被蓓力丢在那里了。他用手揉擦着眼睛，什么什么都不清楚，两只鸭子形的小脚，伏在地板上，也像被惊醒的鸭子般的不知方向。鱼白的天色，从玻璃窗透进来，朦胧地在窗帘上惺忪着睡眼。

芹的肚子越胀越大了！由一个小盆变成一个大盆，由一个不活动的物件，变成一个活动的物件。她在床上睡不着，蚊虫在她的腿上走着玩，肚子里的物件在肚皮里走着玩，她简直变成个大马戏场了，什么全在这个场面上耍起来。

下床去拖着那双瘦猫般的棉鞋，她到外房去，蓓力又照样地变作一条弯着腰的长虾，钻进虾笼去了。芹唤醒他，把腿给他看，芹腿上的小包都连成排了。若不是蚊虫咬的，一定会错认石阶上的苔藓，生在她的腿上了。蓓力用手抚摸着，眉头皱着，他又向她笑了笑，他的心是怎样的刺痛呵！芹全然不晓得这一个，以为蓓力是带着某种笑意向她煽动一样。她手指投过去，生在自己肚皮里的小物件也给忘掉了，只是示意一般的捏紧蓓力的脚趾，她心尽力的跳着。

内房里的英夫人拉着小荣到厨房去，小荣先看着这两个虾来了，大嚷着推给她妈妈看。英夫人的眼睛不知放出什么样的光，故意地问："你们两个用手捏住脚，这是东洋式的握手礼还是西洋式的握手礼？"

四岁的小荣姑娘也学起她妈妈的腔调，就像嘲笑而不当嘲笑的唱着："这是东洋式的还是西洋式的呢？"

芹和蓓力的眼睛，都像老虎的眼睛在照耀着。

蓓力的眼睛不知为了什么变成金刚石的了！又发光，又坚硬。芹近几天尽看到这样的眼睛，他们整天地跑着，一直跑了十多天了！有时他们打了个招呼走过去，一个短小的影子消失了！

八

晚间当芹和英夫人坐在屋里的时候，英夫人摇着头，脸上表演着不统一的笑，尽量的把声音委婉，向芹不知说了些什么。大概是白天被非看到芹和蓓力在中央大街走的事情。

芹和蓓力照样在街上绕了一周，蓓力还是和每天一样要挽着她跑。芹不知为了什么两条腿不愿意活动，心又不耐烦！两星期前住在旅馆的心情又将萌动起来，她心上的烟雾刚退去不久又像给罩上了。她手玩弄着蓓力的衣扣，眼睛垂着，头低下去："我真不知这是什么意思，我们衣裳褴褛，就连在街上走的资格也没有了！"

蓓力不明白这话是对谁发的，他迟钝而又灵巧的问："怎么？"

芹在学话说："英说——你们不要在街上走去，在家里可以随便，街上的人太多，很不好看呢！人家讲究着很不好呢。你们不知道吗？在这街上我们认识许多朋友，谁都知道你们是住在我家的，假设你们若是不住在我家，好看与不好看，我都不管的。"芹在玩弄着衣扣。

蓓力的眼睛又在放射金刚石般的光，他的心就像被玩弄着的衣扣一样，在焦烦着。他把拳头捏得紧紧的，向着自己的头部打去。芹给他揉。蓓力的脸红了，他的心忏悔。

"富人穷人，穷人不许恋爱？"

方才他们心中的焦烦退去了，坐在街头的木凳上。她若感到凉，只有一个方法，她把头埋在蓓力上衣的前襟里。

公园被水淹没以后，只有一个红电灯在那个无人的地方自己燃烧。秋天的夜里，红灯在密结的树梢下面，树梢沉沉的，好像在静止的海上面发现了萤火虫似的，他们笑着，跳着，拍着手，每夜都是来向着这萤火虫在叫跳一回……

她现在不拍手了，只是按着肚子，蓓力把她扶回去。当上楼梯的时候，她的眼泪被抛在黑暗里。

九

非对芹和蓓力有点两样，上次英夫人的讲话，可以证明是非说的。

非搬走了，这里的房子留给他岳母住，被褥全拿走了。芹在土炕上，枕着包袱睡。在土炕上睡了仅仅两夜，她肚子疼得厉害了。她卧在土炕上，蓓力也不上街了，他蹲在地板上，下颏枕炕沿，守着她。这是两个雏鸽，两个被折了巢窠的雏鸽。只有这两个鸽子才会互相了解，真的帮助，因为饥寒迫在他们身上是同样的份量。

芹肚子疼得更厉害了，在土炕上滚成个泥人了。蓓力没有戴帽子，跑下楼去，外边是落着阴冷的秋雨。两点钟过了蓓力不见回来，芹在土炕上继续自己滚的工作。外边的雨落得大了。三点钟也过了，蓓力还是不回来，芹只想撕破自己的肚子，外面的雨声她听不到了。

十

蓓力在小树下跑，雨在天空跑，铺着石头的路，雨的线在上面翻飞，雨就像要把石头压碎似的，石头又非反抗到底不可。穿过一条街，又一条街，穿过一片雨又一片雨，他衣袋里仍然是空着，被雨淋得他就和水鸡同样。

走进大门了，他的心飞上楼去，在抚慰着芹，这是谁也看不见的事。芹野兽疯狂般的尖叫声，从窗口射下来，经过成排的雨线，压倒雨的响声，却实实在在，牢牢固固，箭般地插在蓓力的心上了。

蓓力带着这只箭追上楼去，他以为芹是完了，是在发着最后的嘶叫。芹肚子疼得半昏了，她无知觉地拉住蓓力的手，她在土炕抓的泥土，和蓓力带的雨水相合。

蓓力的脸色惨白，他又把方才向非借的一元车钱送芹入医院的影子想了一遍："慢慢有办法，过几天，不忙。"他又想："这是朋友应该说的话吗？我明白了，我和非经济不平等，不能算是朋友。"

任是芹怎样嚎叫，他最终离开她下楼去，雨是淘天地落下来。

十一

芹肚子痛得不知人事，在土炕上滚得不成人样了，脸和白纸一个样，痛得稍轻些，她爬下地来，想喝一杯水。茶杯刚拿在手里，又痛得不能耐了，杯子摔在地板上。杯子碎了，那个黄脸大眼睛非的岳母跟着声响走进来，嘴里罗嗦着："也太不成样子了，我们这里倒不是开的旅馆，随便谁都住在这里。"

芹听不清谁在说话，把肚子压在炕上，要把小物件从肚皮挤出来，这种痛法简直是绞着肠子，她的肠子像被抽断一样。她流着汗，也流着泪。

十二

芹像鬼一个样，在马车上囚着，经过公园，经过公园的马戏场，走黑暗的途径。蓓力紧抱住她。现在她对蓓力只有厌烦，对于街上的每个行人都只有厌烦，她扯着头发，在蓓力的怀中挣扎。她恨不能一步飞到医院，但是，马却不愿意前进，在水中一劲打旋转。蓓力开始惊惶，他说话的声音和平时两样："这里的水特别深呵，走下阴沟去会危险。"他跳下水去，拉住马勒，在水里前进着。

芹十分无能的卧在车里，好像一个龃龉的包袱或是一个垃圾箱。

一幅沉痛的悲壮的受压迫的人物映画在明月下，在秋光里，渲染得更加悲壮，更加沉痛了。

铁栏栅的门关着，门口没有电灯，黑森森的，大概医院是关了门了。蓓力前去打门，芹的心希望和失望在绞跳着。

十三

马车又把她载回来了，又经过公园，又经过马戏场，芹肚子痛得像轻了一点。她看到马戏场的大象，笨重地在玩着自己的鼻子，分明清晰的她又有心思向蓓力寻话说："你看见大象笨得多巧。"

　　蓓力一天没得吃饭，现在他看芹像小孩子似的开着心，他心里又是笑又是气。

　　车回到原处了，蓓力尽他所有借到的五角钱给了车夫。蓓力就像疾风暴雨里的白菜一样，风雨过了，他又扶着芹踏上楼梯，他心里想着得一月后才到日子吗？那时候一定能想法借到十五元住院费。蓓力才想起来给芹把破被子铺在炕上。她倒在被上，手指在整着蓬乱的头发。蓓力要脱下湿透的鞋子，吻了她一下，到外房去了。

　　又有一阵呻吟声蓓力听到了，赶到内房去，蓓力第一条视线射到芹的身上。芹的脸已是惨白得和铅锅一样。他明白她的肚子不痛是心理作用，尽力相信方才医生谈的，再过一个月那也是不准。

十四

　　他不借，也不打算，他明白现代的一切事情惟有蛮横，用不到讲道理，所以第二次他把芹送到医院的时候，虽然他是没有住院费，芹结果是强住到医院里。

　　在三等产妇室，芹迷沉地睡了两天了，总是梦着马车在水里打转的事情。半夜醒来的时候，急得汗水染透了衾枕。她身体过于疲乏。精神也随之疲乏，对于什么事情都不大关心。对于蓓力，对于全世界的一切，全是一样，蓓力来时，坐在小凳上谈几句不关紧要的话。他一走，芹又合拢起眼睛来。

三天了，芹夜间不能睡着，奶子胀得硬，里面像盛满了什么似的，只听她嚷着奶子痛，但没听她询问过关于孩子的话。

产妇室里摆着五张大床，睡着三个产妇，那边空着五张小床。看护妇给推过一个来，靠近挨着窗口的那个产妇，又一个挨近别一个产妇。她们听到推小床的声音，把头露出被子外面，脸上都带着同样的不可抑止、新奇的笑容，就好像看到自己的小娃娃在床里睡着的小脸一样。她们并不向看护妇问一句话，怕羞似的脸红着，只是默默地在预备热情，期待她们亲手造成的小动物与自己第一次见面。

第三个床看护妇推向芹的方向走来，芹的心开始跳动，就像个意外的消息传了来。手在摇动："不要！不……不要……我不要呀！"她的声音里母子之情就像一条不能折断的钢丝被她折断了，她满身在抖颤。

十五

满墙泻着秋夜的月光，夜深，人静，只是隔壁小孩子在哭着。

孩子生下来哭了五天了躺在冰凉的板桌上，涨水后的蚊虫成群片地从气窗挤进来，在小孩的脸上身上爬行。他全身冰冰，他整天整夜的哭。冷吗？饿吗？生下来就没有妈妈的儿子谁去管她呢？

月光照了满墙，墙上闪着一个影子，影子抖颤着。芹挨下床去，脸伏在有月光的墙上——小宝宝，不要哭了妈妈不是来抱你吗？冻得这样冰呵，我可怜的孩子！

孩子咳嗽的声音，把芹伏在壁上的脸移动了，她跳上床去，她扯着自己的头发，用拳头痛打自己的头盖。真个自私的东西，成千成万的小孩在哭怎么就听不见呢？成千成万的小孩饿死了，怎么看不见呢？比小孩更有用的大人也都饿死了，自己也快饿死了，这都看不见，真是个自私的东西！

睡熟的芹在梦里又活动着，芹梦着蓓力到床边抱起她，就跑了，跳过墙壁，院费也没交，孩子也不要了。听说后来小孩给院长当了丫环，被院长打死了。孩子在隔壁还是哭着，哭得时间太长了，那孩子作呕，芹被惊醒，慌张地迷惑地赶下床去。她以为院长在杀害她的孩子，只见影子在壁上一闪，她昏倒了。

秋天的夜在寂寞地流，每个房间泻着雪白的月光，墙壁这边地板上倒着妈妈的身体。那边的孩子在哭着妈妈，只隔一道墙壁，母子之情就永久相隔了。

十六

身穿白长衫三十多岁的女人，她黄脸上涂着白粉，粉下隐现黄黑的斑点，坐在芹的床沿。女人烦絮地向芹问些琐碎的话，别的产妇凄然地在静听。

芹一看见她们这种脸，就像针一样在突刺着自己的心。"请抱去吧，不要再说别的话了。"她把头用被蒙起，她再不能抑止，这是什么眼泪呢？在被里横流。

两个产妇受了感动似的也用手揉着眼睛，坐在床沿的女人说："谁的孩子，谁也舍不得，我不能做这母子两离的事。"女子的身子扭了一扭。

芹像被什么人要挟似的，把头上的被掀开，面上笑着，眼泪和笑容凝结的笑着："我舍得，小孩子没有用处，你把她抱去吧。"

小孩子在隔壁睡，一点都不知道，亲生她的妈妈把她给别人了。

那个女人站起来到隔壁去了，看护妇向那个女人在讲，一面流泪："小孩子生下来六天了，连妈妈的面都没得见，整天整夜地哭，喂她牛奶他不吃，她妈妈的奶胀得痛都挤扔了。唉，不知为什么，听说孩子的爸爸还很有钱呢！这个女人真怪，连有钱的丈夫都不愿嫁。"

那个女人同情着。看护妇说："这小脸多么冷清，真是个生下来就招人可怜的孩子。"小孩子被她们摸索醒了，他的面贴到别人的手掌，以为是妈妈的手掌，她撒怨地哭了起来。

过了半个钟头，小孩子将来的妈妈，挟着红包袱满脸欢喜地踏上医院的石阶。

包袱里的小被褥给孩子包好，经过穿道，经过产妇室的门前，经过产妇室的妈妈，小孩跟着生人走了，走下石阶了。

产妇室里的妈妈什么也没看见，只听见一阵噪杂的声音啊！

十七

当芹告诉蓓力孩子给人家抱去了的时候，她刚强的沉毅的眼睛把蓓力给怔住了，他只是安定地听着："这回我们没有挂碍了，丢掉一个小孩是有多数小孩要获救的目的达到了。现在当前的问题就是住院费。"

蓓力握紧芹的手，他想——芹是个时代的女人，真想得开，一定是我将来忠实的伙伴！他的血在沸腾。

每天当蓓力走出医院时，庶务都是向他索院费，蓓力早就放下没有院费的决心了，所以他第二次又挟着那件制服到当铺去，预备芹出院的车钱。

他的制服早就被老鼠在床下给咬破了，现在就连这件可希望的制服，也没有希望了。

蓓力为了五角钱，开始奔波。

十八

芹住在医院快是三个星期了！同室的产妇，来一个住一个星期抱着小孩走了，现在仅留她一个人在产妇室里，院长不向她要院费了，只希望她出院好了。但是她出院没有车钱没有夹衣，最要紧的她没钱租房子。

芹一个人住在产妇室里，整夜的幽静，只有她一个人享受窗上大树招摇细碎的月影，满墙走着，满地走着。她想起来母亲死去的时候，自己还是小孩子，睡在祖父的身旁，不也是看着夜里窗口的树影么？现在祖父走进坟墓去了，自己离家乡已三年了，时间一过什么事情都消灭了。

窗外的树风唱着幽静的曲子，芹听到隔院的鸡鸣声了。

十九

产妇们都是抱着小孩坐着汽车或是马车一个个出院了，现在芹也是出院了。她没有小孩也没有汽车，只有眼前的一条大街要她走，就像一片荒田要她开拔一样。

蓓力好像个助手似的在眼前引导着。

他们这一双影子，一双刚强的影子，又开始向人林里去迈进。

两个青蛙

一

楼上的声音从窗洞飘落下来了。

"让我们都来看吧，秦铮又回来了，又是同平野一道……"

秋雨过后，天色变做深蓝，静悄的那边就是校园的林丛。校园像幅画似的，绘着小堆小堆的黄花；地平线以上，是些散散乱乱的枝柯，在晚风里取暖；拥挤着的树叶上，跳跃着金光。

秦铮提篮里的青蛙，跳到地面。平野在阳光里笑着，惊惧的肩头缩动着，把青蛙装进篮里。

裙襟被折卷一下。秦铮坐在水池旁愉快着，她的眼睛向平野羞涩的笑，别离使她羞涩了。

平野和她的肩头相依，但只是坐着，他躲避着热情似的坐着。一种初会的喜悦常常是变做悲哀的箭，连贯的穿了两个心颗，水珠在树叶上闪起金光滚动着，风来了，水珠落了。也和水珠一样，秦铮的眼泪落了，落到平野的衣襟上，手上，唇上，这情人的泪，水银似的在平野的灵魂里滚转。

平野觉得自己的生命这算是第一次有意义。

"不要哭啊，小妹妹……"

楼上的声音响震着玻璃窗时，秦铮扭动她的肩头，但不看上去，她知道这又是她的妹妹秦华在作怪。

提篮里的青蛙要去寻水，粗糙的呼吸着。

秦铮从来爱玩小孩子的事，从乡间回来特地带回两个青蛙，现在青蛙是放在水池里了。

晚天染着紫色红色的颜料，各自划分着，划分得不清晰了，越加模糊下去。

"这次我到乡下去，受罪极了，猩红热、虎列拉，……各样的传染病都有。只有传染病，没有医生，患病者只有死。——在这样的世界上，我也真希望死了。因为你，我死的希望破碎了。你不是常说吗？想要死的人，那是自私，或是各人主义的变态。"

平野吻了她手一下，并且问：

"那里工作怎样？"

平野又像恢复了自己似的，人像又涌上他的心来，他不再觉得自己是在喊口号了。

他们的声音低下来，暗下来，和苍茫的暮色一样，苍茫下去。

南楼宿舍睡在夜里了，北楼也睡在夜里，久别的情绪苍白着，不可顿挫的强硬起来，纠缠起来。

踱荡着他们的热情似的，穿着林丛踱荡，踏着月光踱荡，秦铮是愉快着，讲了一些流水似的话，别离不再压紧她了。她轻松在跳着舞步，可是平野的心情正相反，他徘徊着，他作窘，平野为了她的青春所激动。

关于这个秦铮是急略了，她永不知道她的青春可能激动了别人，在一个少女这是一件平常的事。

平野引她到树丛的深处去，他颤栗的走着，激动的走着，同时秦铮也不会觉察这个。

两个影子，深藏在树丛里了。

南楼的影子倒在水池里，太空镶着无数的星座，秋夜静得和水晶似的透明。

从树丛颤巍着那里走出来了，秦铮的头发毛散了，衣裙不整齐了，怕羞的背影走上楼梯去。

平野站在月光中的池旁，目送她。每次他送秦铮回宿舍时，她都是倒踏着梯级向他微笑着，缓缓的走进去。现在秦铮没有回头，她为了新的体验淹没了。

平野的心思平静下来，满足同时而倦怠的转向北楼去。

青蛙叫了，要吵破这个秘密似的叫了。

二

这是一个回忆，完全是一个梦中的回忆。

平野醒转了来，铁窗外石壁的顶端，模糊着苍白的星座。深壑的院宇，永恒的刮着阴惨的风，住在这里的人，有的是单身房，有的是群居，有的在等候宣告死刑，也有些在挨混刑期。

等候大刑的人，他们终夜不能睡着，他们吼叫出不是人的声音来，但是他们腿上的铁锁和手上的木枷并不因为吼号而脱落，依然严紧的在枷锁着。五个人中的两个人是瘫落在墙角里，不喊叫也不挣脱。使你看到，你可以联想起那是两个年老的胡匪被死恐吓住了？但，他们不是，那两张面孔，并不苍白；手足安然的，并不颤索。

提着枪打着裹腿的人，整夜是在看守着这五个人，这是为了某种事体。提枪的人，总是不间断的在袖口间探望自己的手表，就像希望着天快亮起来似的。但，天亮起来又有什么事体要发生呢？这个事件，看守人和被看守人都像明白似的。被看守人嚎叫着，他们不能滚转，提枪的人在那里踱来踱过。

其中的一个向着那两个永不知嚎叫的人说：

"怎么你们的不是行抢，只为了几张碎纸在身上就……"

说话的那个人，被提着枪的绞断了话声，但是他现在一点都不知惧怕什么叫枪，他大骂了一阵，没有法治他。提枪的那个人仍然是走来走去，一面看他袖口间的表。

平野，他是个永久要住在这里的一个犯人，因为法律判断他是这样。

因为三年前的那天晚间，他同秦铮在校园里谈一些关于乡间和工作的事，第二天，秦铮的父亲处死刑了，第三天，秦铮被捕了。接着就是平野。

现在秦铮和平野是住在同一个铁包的院里，现在已三年了。放在水池里两个青蛙变作了一群小青蛙，在校园里仍是叫着。

在三年之中，他们总是追随三年前的旧梦，平野醒转来了。醒来他寻觅不见秦铮，他又闭起眼睛，窗子铁栏外，有不转动的白色的月轮，外面嚷着这样的声音，平野听到了："又是五个：两政治犯，三个强盗犯，提出去。"过了一刻，车轮的声音轧过了，渐远了。

1933 年 8 月 6 日

生死场（节选）

三　老马走进屠场

老马走上进城的大道，"私宰场"就在城门的东边。那里的屠刀正张着，在等待这个残老的动物。

老王婆不牵着她的马儿，在后面用一条短枝驱着它前进。

大树林子里有黄叶回旋着，那是些呼叫着的黄叶。望向林子的那端，全林的树棵，仿佛是关落下来的大伞。凄沉的阳光，晒着所有的秃树。田间望遍了远近的人家。深秋的田地好像没有感觉的光了毛的皮带，远近平铺着。夏季埋在植物里的家屋，现在明显的好像突出地面一般，好像新从地面突出。

深秋带来的黄叶，赶走了夏季的蝴蝶。一张叶子落到王婆的头上，叶子是安静的伏贴在那里。王婆驱着她的老马，头上顶着飘落黄叶；老马，老人，配着一张老的叶子，他们走在进城的大道。

道口渐渐看见人影，渐渐看见那个人吸烟，二里半迎面来了。他长形的脸孔配起摆动的身子来，有点像一个驯顺的猿猴。他说："唉呀！起得太早啦！进城去有事吗？怎么驱着马进城，不装车粮拉着?"

振一振袖子,把耳边的头发向后抚弄一下,王婆的手颤抖着说了:"到日子了呢!下汤锅去吧!"王婆什么心情也没有,她看着马在吃道旁的叶子,她用短枝驱着又前进了。

二里半感到非常悲痛。他痉挛着了。过了一个时刻转过身来,他赶上去说"下汤锅是下不得的,……下汤锅是下不得……"但是怎样办呢?二里半连半句语言也没有了!他扭歪着身子跨到前面,用手摸一摸马儿的鬃发。老马立刻响着鼻子了!它的眼睛哭着一般,湿润而模糊。悲伤立刻掠过王婆的心孔,哑着嗓子,王婆说:"算了吧!算了吧!不下汤锅,还不是等着饿死吗?"

深秋秃叶的树,为了惨厉的风变,脱去了灵魂一般吹啸着。马行在前面,王婆随在后面,一步一步屠场近着了;一步一步风声送着老马归去。

王婆她自己想着,一个人怎么变得这样厉害?年青的时候,不是常常为着送老马或是老牛进过屠场吗?她颤寒起来,幻想着屠刀要像穿过自己的背脊,于是,手中的短枝脱落了!她茫然晕昏地停在道旁,头发舞着好像个鬼魂样。等她重新拾起短枝来,老马不见了!它到前面小水沟的地方喝水去了!这是它最末一次饮水吧!老马需要饮水,它也需要休息,在水沟旁倒卧下了!它慢慢呼吸着。王婆用低音,慈和的音调呼唤着:"起来吧!走进城去吧,有什么法子呢?"马仍然仰卧着。王婆看一看日午了,还要赶回去烧午饭,但,任她怎样拉缰绳,马仍是没有移动。

王婆恼怒着了,她用短枝打着它起来。虽是起来,老马仍然贪恋着小水沟。王婆因为苦痛的人生，使她易于暴怒，树枝在马儿的脊骨上断成半截。

又安然走在大道上了！经过一些荒凉的家屋，经过几座颓败的小庙。一个小庙前躺着个死了的小孩，那是用一捆谷草束扎着的。孩子小小的头顶露在外面，可怜的小脚从草梢直伸出来；他是谁家的孩子睡在这旷野的小庙前？

屠场近着了，城门就在眼前，王婆的心更翻着不停了。

五年前它也是一匹年青的马，为了耕种，伤害得只有毛皮蒙遮着骨架。现在它是老了！秋末了！收割完了！没有用处了！只为一张马皮，主人忍心把它送进屠场。就是一张马皮的价值，地主又要从王婆的手里夺去。

王婆的心自己感觉得好像悬起来；好像要掉落一般，当她看见板墙钉着一张牛皮的时候。那一条小街尽是一些要坍落的房屋；女人啦，孩子啦，散集在两旁。地面踏起的灰粉，污没着鞋子；冲上人的鼻孔。孩子们拾起土块，或是垃圾团打击着马儿，王婆骂道：

"该死的呀！你们这该死的一群。"

这是一条短短的街。就在短街的尽头，张开两张黑色的门扇。再走近一点，可以发现门扇斑斑点点的血印。被血痕所恐吓的老太婆好像自己踏在刑场了！她努力镇压着自己，不让一些年青时所见到刑场上的回忆翻动。但，那回忆却连续地开始织张：——一个小伙子倒下来了，一个老头也倒下来了！挥刀的人又向第三个人作着式子。

仿佛是箭，又像火刺烧着王婆，她看不见那一群孩子在打马，她忘记怎样去骂那一群顽皮的孩子。走着，走着，立在院心了。四面板墙钉住无数张毛皮。靠近房檐立了两条高杆，高杆中央横着横梁；马蹄或是牛蹄折下来用麻绳把两只蹄端扎连在一起，做一个叉形挂在上面，一团一团的肠子也搅在上面；肠子因为日久了，干成黑色不动而僵直的片状的绳索。并且那些折断的腿骨，有的从折断处涔滴着血。

在南面靠墙的地方也立着高杆，杆头晒着在蒸气的肠索。这是说，那个动物是被钉死不久哩！肠子还热着呀！

满院在蒸发腥气，在这腥味的人间，王婆快要变做一块铅了！沉重而没有感觉了。

老马——棕色的马，它孤独地站在板墙下，它借助那张钉好的毛皮在搔痒。此刻它仍是马，过一会它将也是一张皮了！

一个大眼睛的恶面孔跑出来，裂着胸襟，说话时，可见他胸膛在起伏：

"牵来了吗？啊！价钱好说，我好来看一下。"

王婆说："给几个钱就走了！不要麻烦啦。"

那个人打一打马的尾巴，用脚踢一踢马蹄；这是怎样难忍的一刻呀！

王婆得到三张票子，这可以充纳一亩地租。看着钱比较自慰些，她低着头向大门出去，她想还余下一点钱到酒店去买一点酒带回去，她已经跨出大门，后面发着响声：

"不行，不行，……马走啦！"

王婆回过头来，马又走在后面；马什么也不知道，仍想回家。屠场中出来一些男人，那些恶面孔们，想要把马抬回去，终于马躺在道旁了！像树根盘结在地中。无法，王婆又走回院中，马也跟回院中。她给马搔着头顶，它渐渐卧在地面了！渐渐想睡着了！忽然王婆站起来向大门奔走。在道口听见一阵关门声。

她哪有心肠买酒？她哭着回家，两只袖子完全湿透。那好像是送葬归来一般。

家中地主的使人早等在门前，地主们就连一块铜板也从不舍弃在贫农们的身上，那个使人取了钱走去。

王婆半日的痛苦没有代价了！王婆一生的痛苦也都是没有代价。

五　羊群

平儿被雇做了牧羊童，他追打群羊跑遍山坡。山顶像是开着小花一般，绿了！而变红了！山顶拾野菜的孩子，平儿不断地戏弄她们，他单独的赶着一只羊去吃她们筐子里拾得的野菜。有时他选一条大身体的羊，像骑马一样地骑着来了！小的女孩们吓得哭着，她们看他像个猴子坐在羊背上。平儿从牧羊时起，他的本领渐渐得以发展。他把羊赶到荒凉的地方去，招集村中所有的孩子练习骑羊。每天那些羊和不喜欢行动的猪一样散遍在旷野。

行在归途上，前面白茫茫的一片，他在最后的一个羊背上，仿佛是大将统治着兵卒一般。他手耍着鞭子，觉得十分得意。

"你吃饱了吗？午饭。"

赵三对儿子温和了许多。从遇事以后他好像是温顺了。

那天平儿正戏耍在羊背上，在进大门的时候，羊疯狂地跑着，使他不能从羊背跳下，那样他像耍着的羊背上张狂的猴子。一个下雨的天气，在羊背上进大门的时候，他把小孩撞倒，主人用拾柴的耙子把他打下羊背来，仍是不停，像打着一块死肉一般。

夜里，平儿不能睡，辗翻着不能睡。爹爹动着他庞大的手掌拍抚他：

"跑了一天！还不困倦，快快睡吧！早早起来好上工！"

平儿在爹爹温顺的手下，感到委屈了！

"我挨打了！屁股疼。"

爹爹起来，在一个纸包里取出一点红色的药粉给他涂擦破口的地方。

爹爹是老了！孩子还那样小，赵三感到人活着没有什么意趣了。第二天平儿去上工被辞退回来，赵三坐在厨房用谷草正织鸡笼，他说：

"好啊！明天跟爹爹去卖鸡笼吧！"

天将明他叫着孩子：

"起来吧，跟爹爹去卖鸡笼。"

王婆把米饭用手打成坚实的团子，进城的父子装进衣袋去，算做午餐。

第一天卖出去的鸡笼很少，晚间又都背着回来。王婆弄着米缸响：

"我说多留些米吃，你偏要卖出去……又吃什么呢？……又吃什么呢？"

老头子把怀中的铜板给她，她说：

"不是今天没有吃的，是明天呀？"

赵三说："明天，那好说，明天多卖出几个笼子就有了！"

一个上午，十个鸡笼卖出去了！只剩下三个大些的，堆在那里。爹爹手心上数着票子，平儿在吃饭团。

"一百枚还多着，我们该去喝碗豆腐脑来！"

他们就到不远的那个布棚下，蹲在担子旁吃着冒气的食品。是平儿先吃，爸爸的那碗才正在上面倒醋。平儿对于这食品是怎样新鲜呀！一碗豆腐脑是怎样舒畅着平儿的小肠子呀！他的眼睛圆圆地把一碗豆腐脑吞食完了！

那个叫卖人说："孩子再来一碗吧！"

爹爹惊奇着："吃完了？"

那个叫卖人把勺子放下锅去说："再来一碗算半碗的钱吧！"

平儿的眼睛溜着爹爹把碗递过去。他喝豆腐脑作出大大的抽响来。赵三却不那样，他把眼光放在鸡笼的地方，慢慢吃，慢慢吃终于也吃完了！他说：

"平儿，你吃不下吧？倒给我碗点。"

平儿倒给爹爹很少很少。给过钱爹爹去看守鸡笼。平儿仍在那里，孩子贪恋着一点点最末的汤水，头仰向天，把碗扣在脸上一般。

菜市上买菜的人经过，若注意一下鸡笼，赵三就说：

"买吧！仅是十个铜板。"

终于三个鸡笼没有人买，两个分给爹爹，留下的一个在平儿的背上突起着。经过牛马市，平儿指嚷着：

"爹爹，咱们的青牛在那儿。"

大鸡笼在背上荡动着，孩子去看青牛。赵三笑了，向那个卖牛人说：

"又出卖吗？"

说着这话，赵三无缘地感到酸心。到家他向王婆说：

"方才看见那条青牛在市上。"

"人家的了，就别提了。"王婆整天的不耐烦。

卖鸡笼渐渐的赵三会说价了；慢慢地坐在墙根他会招呼了，也常常给平儿买一两块红绿的糖球吃，后来连饭团也不用带。

他弄些铜板每天交给王婆，可是她总不喜欢，就像无意之中把钱放起来。

二里半又给说妥一家，叫平儿去做小伙计。孩子听了这话，就生气。

"我不去，我不能，他们好打我呀！"平儿为了卖鸡笼所迷恋，"我还是跟爹爹进城。"

王婆绝对主张孩子去做小伙计。她说：

"你爹爹卖鸡笼你跟着做什么？"

赵三说："算了吧，不去就不去吧。"

铜板兴奋着赵三，半夜他也是织鸡笼，他向王婆说：

"你就不好也来学学，一种营生呢！还好多织几个。"

但是王婆仍是去睡，就像对于他织鸡笼，怀着不满似的，就像反对他织鸡笼似的。

平儿同情着父亲，他愿意背鸡笼，多背一个。爹爹说：

"不要背了！够了！"

他又背一个，临出门时他又找个小一点的提在手里。爹爹问：

"你能拿动吗？送回两个去吧，卖不完啊！"

有一次从城里割一斤肉回来，吃了一顿像样的晚餐。

村中妇人羡慕王婆：

"三哥真能干哩！把一条牛卖掉，不能再种粮食，可是这比种粮食更好，更能得钱。"

经过二里半门前，平儿把罗圈腿也领进城去。平儿向爹爹要了铜板给小朋友买两片油煎馒头。又走到敲锣搭着小棚的地方去挤撞，每人花一个铜板看一看"西洋景"（街头影戏）。那是从一个嵌着小玻璃镜，只容一只眼睛的地方看进去，里面有一张放大的画片活动着。打仗的，拿着枪的，很快又换上一张别样的。耍画片的人一面唱一面讲：

"这又是一片洋人打仗。你看'老毛子'夺城，那真是哗啦啦！打死的不知多少……"

罗圈腿嚷着看不清，平儿告诉他："你把眼睛闭起一个来！"

可是不久这就完了！从热闹的、孩子热爱的城里把他们又赶出来，平儿又被装进这睡着一般的乡村。原因，小鸡初出卵的时节已经过去。家家把鸡笼全预备好了。

平儿不愿跟着，赵三自己进城，减价出卖。后来折本卖。最后，他也不去了。厨房里鸡笼靠墙高摆起来。这些东西从前会使赵三欢喜，现在会使他生气。

平儿又骑在羊背上去牧羊。但是赵三是受了挫伤！

七　罪恶的五月节

五月节来临，催逼着两件事情发生：王婆服毒，小金枝惨死。

弯月如同弯刀刺上林端。王婆散开头发，她走向房后柴栏，在那儿她轻开篱门。柴栏外是墨沉沉的静谧的，微风不敢惊动这黑色的夜画；黄瓜爬上架了！玉米响着雄宽的叶子，没有蛙鸣，也少虫声。

王婆披着散发，幽魂一般的，跪在柴草上，手中的杯子放到嘴边。一切涌上心头，一切诱惑她。她平身向草堆倒卧过去，被悲哀汹淘着大哭了。

赵三从睡床上起来，他什么都不清楚，柴栏里，他带点愤怒对待王婆：

"为什么？在发疯！"

他以为她是闷着气到柴栏去哭。

赵三撞到草中的杯子了，使他立刻停止一切思维。他跑进屋中，灯光下，发现黑色浓重的液体东西在杯底。他先用手拭一拭，再用舌尖拭一拭，那是苦味。

"王婆服毒了！"

次晨村中嚷着这样的新闻。村人凄静地断续地来看她。

赵三不在家，他跑出去，乱坟岗子上，给她寻个位置。

乱坟岗子上活人为死人掘着坑子了，坑子深了些，二里半先跳下去。下层的湿土，翻到坑子旁边，坑子更深了！大了！几个人都跳下去，铲子不住的翻着，坑子埋过人腰。外面的土堆涨过人头。

坟场是死的城廓，没有花香，没有虫鸣，即使有花，即使有虫，那都是唱奏着别离歌，陪伴着说不尽的死者永久的寂寞。

乱坟岗子是地主施舍给贫苦农民们死后的住宅，但活着的农民，常常被地主们驱逐，使他们提着包袱，抱着小孩，从破房子再走进更破的房子去。有时被逐着在马棚里借宿。孩子们哭闹着马棚里的妈妈。

赵三进城，突然的事情打击着他，使他怎样柔弱啊！遇见了打鱼村进城卖菜的车子，那个驱车人麻麻烦烦地讲一些："菜价低了，钱帖毛荒。粮食也不值钱。"

那个车夫打着鞭子，他又说：

"只有布匹贵，盐贵。慢慢一家子连咸盐都吃不起啦！地租是增加，还叫老庄活不活呢?"

赵三跳上车，低了头坐在车尾的辕边。两条衰乏的腿子，凄凉地挂下，并且摇荡，车轮在辙道上喱啷的牵响。

城里，大街上拥挤着了！菜市过量的纷嚷。围着肉铺，人们吵架一般。忙乱的叫卖童，手中花色的葫芦，随着空气而跳荡，他们为了"五月节"而癫狂。

赵三他什么也没看见，好像街上的人都没有了！好像街是空街。但是一个小孩跟在后面：

"过节了，买回家去，给小孩子玩吧！"

赵三听见这话，那个卖葫芦的孩子，好像自己不是孩子，自己是大人了一般，他追逐：

"过节了，买回家去，给小孩子玩吧！"

柳条枝上各色花样的葫芦好像一些被系住的蝴蝶，跟住赵三在后面跑。

一家棺材铺，红色的，白色的，门口摆了多多少少，他停在那里。孩子也停止追随。

一切预备好！棺材停在门前，掘坑的铲子停止翻扬了！

窗子打开，使死者见一见最后的阳光。王婆跳突的胸口，微微尚有一点呼吸，明亮的光线照拂着她素静的打扮。已经为她换上一件黑色棉裤和一件浅色短单衫。除了脸是紫色，临死她没有什么怪异的现象，人们吵嚷说：

"抬吧！抬她吧！"

她微微尚有一点呼吸，嘴里吐出一点点的白沫，这时候她已经被抬起来了。外面平儿急叫：

"冯丫头来啦！冯丫头！"

母女们相逢太迟了！母女们永远永远不会再相逢了！那个孩子手中提了小包袱，慢慢慢慢走到妈妈面前。她细看一看，她的脸孔快要接触到妈妈脸孔的时候，一阵清脆的爆裂的声浪嘶叫开来，她的小包袱滚滚着落地。

四围的人，眼睛和鼻子感到酸楚和湿浸。谁能止住被这小女孩唤起的难忍的酸痛而不哭呢？不相关联的人混同着女孩哭她的母亲。

　　其中新死去丈夫的寡妇哭得最厉害，也最哀伤。她几乎完全哭着自己的丈夫，她完全幻想是坐在她丈夫的坟前。

　　男人们嚷叫："抬呀！该抬了。收拾妥当再哭！"

　　那个小女孩感到不是自己家，身边没有一个亲人，她不哭了。

　　服毒的母亲眼睛始终是张着，但她不认识女儿，她什么也不认识了！停在厨房一块板上，口吐白沫，她心坎尚有一点微微跳动。

　　赵三坐在炕沿，点上烟袋。女人们找一条白布给女孩包在头上，平儿把白带束在腰间。

　　赵三不在屋的时候，女人们便开始问那个女孩：

　　"你姓冯的那个爹爹多咱死的？"

　　"死两年多。"

　　"你亲爹呢？"

　　"早回山东了！"

　　"为什么不带你们回去？"

　　"他打娘，娘领着哥哥和我到了冯叔叔家。"

　　女人们探问王婆旧日的生活，她们为王婆感动。那个寡妇又说：

　　"你哥怎不来？回家去找他来看看娘吧！"

　　包白头的女孩，把头转向墙壁，小脸孔又爬着眼泪了！她努力咬住嘴唇，小嘴唇偏张开，她又张着嘴哭了！接受女人们的温情使她大胆一点，走到娘的近边，紧紧捏住娘的冰寒的手指，又用手给妈妈抹擦唇上的泡沫。小心恐怕为母亲所惊扰，她带来的包袱踏在脚下。女人们又说：

"家去找哥哥来看看你娘吧！"

一听说哥哥，她就要大哭，又勉强止住。那个寡妇又问：

"你哥哥不在家吗？"

她终于用白色的包头布拢络住脸孔大哭起来了。借了哭势，她才敢说到哥哥：

"哥哥前天死了呀，官项捉去枪毙的。"

包头布从头上扯掉，孤独的孩子癫痫着一般用头摇着母亲的心窝哭：

"娘呀……娘呀……"

她再什么也不会哭诉，她还小呢！

女人们彼此说："哥哥多咱死的？怎么没听……"

赵三的烟袋出现在门口，他听清楚她们议论王婆的儿子。赵三晓得那小子是个"红胡子"。怎样死的，王婆服毒不是听说儿子枪毙才自杀吗？这只有赵三晓得，他不愿意叫别人知道，老婆自杀还关联着某个匪案，他觉得当土匪无论如何有些不光明。

摇起他的烟袋来，他僵直的空的声音响起，用烟袋催逼着女孩：

"你走好啦！她已死啦！没有什么看的，你快走回你家去！"

小女孩被爹爹抛弃，哥哥又被枪毙了，带来包袱和妈妈同住，妈妈又死了。妈妈不在，让她和谁生活呢？

她昏迷地忘掉包袱，只顶了一块白布，离开妈妈的门槛，离开妈妈的门庭，那有点像丢开她的心让她远走一般。

赵三因为他年老。他心中裁判着年青人：

"私奸妇人，有钱可以，无钱怎么也去奸？没见过。到过节，那个淫妇无法过节，使他去抢，年青人就这样丧掉性命。"

当他看到也要丧掉性命的自己的老婆的时候，他非常仇恨那个枪毙的小子。当他想起去年冬天，王婆借来老洋炮的那回事，他又佩服人了：

"久当胡子哩！不受欺侮哩！"

妇人们燃柴，锅渐渐冒气。赵三捻着烟袋他来回踱走。

过一会他看看王婆仍少少有一点气息，气息仍不断绝。他好像为了她的死等待得不耐烦似的，他困倦了，依着墙瞌睡。

长时间死的恐怖，人们不感到恐怖！人们集聚着吃饭、喝酒，这时候王婆在地下作出声音，看起来，她紫色的脸变成淡紫。人们放下杯子，说她又要活了吧？

不是那样，忽然从她的嘴角流出一些黑血，并且她的嘴唇有点像是起动，终于她大吼两声，人们瞪住眼睛说她就要断气了吧！

许多条视线围着她的时候，她活动着想要起来了！人们惊慌了！女人跑到窗外去了！男人跑去拿挑水的扁担。说她是死尸还魂。

喝过酒的赵三勇猛着：

"若让她起来，她会抱住小孩死去，或是抱住树，就是大人她也有力量抱住。"

赵三用他的大红手贪婪着把扁担压过去。扎实地刀一般的切在王婆的腰间。她的肚子和胸膛突然增涨，像是鱼泡似的。她立刻眼睛圆起来，像发着电光。她的黑嘴角也动了起来，好像说话，可是没有说话，血从口腔直喷，射了赵三的满单衫。赵三命令那个人：

"快轻一点压吧！弄得满身血。"

王婆就算连一点气息也没有了！她被装进待在门口的棺材里。

后村的庙前，两个村中无家可归的老头，一个打着红灯笼，一个手提水壶，领着平儿去报庙。绕庙走了三周，他们顺着毛毛的行人小道回来，老人念一套成谱调的话，红灯笼伴了孩子头上的白布，他们回家去。平儿一点也不哭，他只记住那年妈妈死的时候不也是这样报庙吗？

王婆的女儿却没能同来。

王婆的死信传遍全村，女人们坐在棺材边大大地哭起！扭着鼻涕，号啕着：哭孩子的，哭丈夫的，哭自己命苦的，总之，无管有什么冤屈都到这里来送了！村中一有年岁大的人死，她们，女人之群们，就这样做。

将送棺材上坟场！要钉棺材盖了！

王婆终于没有死，她感到寒凉，感到口渴，她轻轻说：

"我要喝水！"

但她不知道，她是睡在什么地方。

五月节了，家家门上挂起葫芦。二里半那个傻婆子屋里有孩子哭着，她去蹲在门口拿刷马的铁耙子给羊刷毛。

二里半跛着脚。过节，带给他的感觉非常愉快。他在白菜地看见白菜被虫子吃倒几棵。若在平日他会用短句咒骂虫子，或是生气把白菜用脚踢着。但是现在过节了，他一切愉快着，他觉得自己是应该愉快。走在地边他看一看柿子还没有红，他想，摘几个柿子给孩子吃吧！过节了！

全村表示着过节，菜田和麦地，无管什么地方都是静静的，甜美的。虫子们也仿佛比平日会唱了些。

过节渲染着整个二里半的灵魂。他经过家门，没有进去把柿子扔给孩子又走了！他要趁着这样愉快的日子会一会朋友。

左近邻居的门上都挂了纸葫芦，他经过王婆家，那个门上摆荡着的是绿色的葫芦。再走，就是金枝家。金枝家，门外没有葫芦，门里没有人了！二里半张望好久：孩子的尿布在锅灶旁被风吹着，飘飘地在浮游。

小金枝来到人间才够一月，就被爹爹摔死了。婴儿为什么来到这样人间？使她带了怨恨回去！仅仅是这样短促呀！仅仅是几天的小生命！

小小的孩子睡在许多死人中，她不觉得害怕吗？妈妈走远了！妈妈的啜泣听不见了！

天黑了！月亮也不来为孩子做伴。

五月节的前些日子，成业总是进城跑来跑去。家来和妻子吵打。他说："米价落了！三月里买的米现在卖出去折本一小半。卖了还债也不足，不卖又怎么能过节？"

并且他渐渐不爱小金枝，当孩子夜里把他吵醒的时候，他说："拼命吧！闹死吧！"

过节的前一天，他家什么也没预备，连一斤面粉也没买。烧饭的时候豆油罐子什么也倒流不出。

成业带着怒气回家，看一看还没有烧菜。他厉声嚷叫：

"啊！像我……该饿死啦，连饭也没得吃……我进城……我进城。"

孩子在金枝怀中吃奶。他又说：

"我还有好的日子吗？你们累得我，使我做强盗都没有机会。"

金枝垂了头把饭摆好，孩子在旁边哭。

成业看着桌子的咸菜和粥饭，他想了一刻又不住地说起：

"哭吧！败家鬼，我卖掉你去还债！"

孩子仍哭着，妈妈在厨房里，不知是扫地，还是收拾柴堆。爹爹发火了：

"把你们都一齐卖掉，要你们这些吵家鬼有什么用……"

厨房里的妈妈和火柴一般被燃着：

"你像个什么？回来吵打，我不是你的冤家，你会卖掉，看你卖吧！"

爹爹飞着饭碗。妈妈暴跳起来。

"我卖，我摔死她吧！……我卖什么！"

就这样小生命被截止了！

王婆听说金枝的孩子死，她要来看看，可是她只扶了杖子立起又倒卧下来，她的腿骨被毒质所侵还不能行走。

年青的妈妈过了三天她到乱坟岗子去看孩子。但那能看到什么呢？被狗扯得什么也没有。

成业他看到一堆草染了血，他幻想是小金枝的草吧！他俩背向着流过眼泪。

乱坟岗子不知晒干多少悲惨的眼泪？永年悲惨的地带，连个乌鸦也不落下。

成业又看见一个坟窟，头骨在那里重见天日。

走出坟场，一些棺材，坟堆，死寂死寂的印象催迫着他们加快着步子。

八　蚊虫繁忙着

她的女儿来了！王婆的女儿来了！

王婆能够拿着鱼竿坐在河沿钓鱼了！她脸上的纹褶没有什么增多或减少。这证明她依然没有什么变动，她还必须活下去。

晚间河边蛙声震耳。蚊子从河边的草丛出发，嗡声喧闹的队伍，迷漫着每个家庭。日间太阳也炎热起来！太阳烧上人们的皮肤，夏天，田庄上人们怨恨太阳和怨恨一个恶毒的暴力者一般。全个田间，一个大火球在那里滚转。

但是王婆永久欢迎夏天。因为夏天有肥绿的叶子，肥的园林，更有夏夜会唤起王婆诗意的心田，她该开始向着夏夜述说故事。今夏她什么也不说了！她偎在窗下和睡了似的，对向幽邃的天空。

蛙鸣震碎人人的寂寞；蚊虫骚扰着不能停息。

这相同平常的六月，这又是去年割麦的时节。王婆家今年没种麦田。她更忧伤而悄默了！当举着钓竿经过作浪的麦田时，她把竿头的绳线缭绕起来，她仰了头，望着高空，就这样睁也不睁地经过麦田。

王婆的性情更恶劣了！她又酗酒起来。她每天钓鱼。全家人的衣服她不补洗，她只每夜烧鱼，吃酒，吃得醉疯疯地，满院，满屋地旋走；她渐渐要到树林里去旋去。

有时在酒杯中她想起从前的丈夫；她痛心看见来在身边孤独的女儿，总之在喝酒以后她更爱烦想。

现在她近于可笑，和石块一般沉在院心，夜里她习惯于院中睡觉。

在院中睡觉被蚊虫围绕着，正像蚂蚁群拖着已腐的苍蝇。她是再也没有心情了吧！再也没有心情生活！

王婆被蚊虫所食，满脸起着云片，皮肤肿起来。

王婆在酒杯中也回想着女儿初来的那天，女儿横在王婆怀中：

"妈呀！我想你是死了，你的嘴吐着白沫，你的手指都凉了呀！……哥哥死了，妈妈也死了，让我到哪里去讨饭吃呀！……他们把我赶出时，带来的包袱都忘下啦，我哭……哭昏啦……妈妈，他们坏心肠，他们不叫我多看你一刻……"

后来孩子从妈妈怀中站起来时，她说出更有意义的话：

"我恨死他们了！若是哥哥活着，我一定告诉哥哥把他们打死。"

最后那个女孩，拭干眼泪说：

"我必定要像哥哥，……"

说完她咬一下嘴唇。

王婆思想着女孩怎么会这样烈性呢？或者是个中用的孩子？

王婆忽然停止酗酒，她每夜，开始在林中教训女儿，在静静的林里，她严峻地说：

"要报仇。要为哥哥报仇，谁杀死你的哥哥？"

女孩子想："官项杀死哥哥的。"她又听妈妈说："谁杀死哥哥，你要杀死谁，……"

女孩想过十几天以后，她向妈踌躇着：

"是谁杀死哥哥？妈妈明天领我去进城，找那个仇人，等后来什么时候遇见他我好杀死他。"

孩子说了孩子话，使妈妈笑了！使妈妈心痛。

王婆同赵三吵架的那天晚上，南河的河水涨出了河床。南河沿嚷着：

"涨大水啦！涨大水啦！"

人们来往在河边，赵三在家里也嚷着：

"你快叫她走，她不是我家的孩子，你的崽子我不招留。快——"

第二天家家的麦子送上麦场。第一场割麦，人们要吃一顿酒来庆祝。赵三第一年不种麦，他家是静悄悄的。有人来请他，他坐到别人欢说着的酒桌前，看见别人欢说，看见别人收麦，他红色的大手在人前窘迫着了！不住地胡乱地扭搅，可是没有人注意他，种麦人和种麦人彼此谈说。

河水落了却带来众多的蚊虫。夜里蛤蟆的叫声，好像被蚊子的嗡嗡声压住似的。日间蚊群也是忙着飞。只有赵三非常哑默。

九　传染病

乱坟岗子，死尸狼藉在那里。无人掩埋，野狗活跃在尸群里。

太阳血一般昏红；从朝至暮蚊虫混同着蒙雾充塞天空。

高粱，玉米和一切菜类被人丢弃在田圃，每个家庭是病的家庭。是将要绝灭的家庭。

全村静悄了。植物也没有风摇动它们，一切沉浸在雾中。

赵三坐在南地端出卖五把新镰刀，那是组织"镰刀会"的时候剩下的。他正看着那伤心的遗留物，村中的老太太来问他：

"我说……天象，这是什么天象？要天崩地陷了。老天爷叫人全死吗？嗳……"

老太婆离去赵三，曲背立即消失在雾中，她的语声也像隔远了似的：

"天要灭人呀！……老天早该灭人啦！人世尽是强盗、打仗、杀害，这是人自己招的罪……"

渐渐远了！远处听见一个驴子在号叫，驴子号叫在山坡吗？驴子号叫在河沟吗？

什么也看不见，只能听闻：那时，二里半的女人作嘎的不愉悦的声音来近赵三。赵三为着镰刀所烦恼，他坐在雾中，他用烦恼的心思在妒恨镰刀。他想：

　　"青牛是卖掉了！麦田没能种起来。"

　　那个婆子向他说话，但他没有注意到。那个婆子被脚下的土块跌倒，她起来时慌张着，在雾层中看不清她怎样张惶。她的音波组起了网状的波纹，和老大的蚊音一般：

　　"三哥，还坐在这里？家怕是有'鬼子'来了，就连小孩子，'鬼子'也要给打针。你看我把孩子抱出来，就是孩子病死也甘心，打针可不甘心。"

　　麻面婆离开赵三去了！抱着她未死的、连哭也不会哭的孩子沉没在雾中。

　　太阳变成暗红的放大而无光的圆轮，当在人头。昏茫的村庄埋着天然灾难的种子，渐渐种子在滋生。

　　传染病和放大的太阳一般勃发起来，茂盛起来！

　　赵三踏着死蛤蟆走路；人们抬着棺材在他身边暂时现露而滑过去！一个歪斜面孔的小脚女人跟在后面，她小小的声音哭着。又听到驴子叫，不一会驴子闪过去，背上驮着一个重病的老人。

　　西洋人，人们叫他"洋鬼子"，身穿白外套，第二天雾退时，白衣女人来到赵三窗外，她嘴上挂着白囊，说起难懂的中国话：

　　"你的，病人的有？我的治病好，来。快快的。"

　　那个老的胖一些的，动一动胡子，眼睛胖得和猪眼一般，把头探着窗子望。

赵三着慌说没有病人，可是终于给平儿打针了！

"老鬼子"向那个"小鬼子"说话，嘴上的白囊一动一动的。管子，药瓶和亮刀从提包倾出，赵三去井边提一壶冷水。那个"鬼子"开始擦他通孔的玻璃管。

平儿被停在窗前的一块板上，用白布给他蒙住眼睛。隔院的人们都来看着，因为要晓得"鬼子"怎样治病，"鬼子"治病究竟怎样可怕。

玻璃管从肚脐下一寸的地方插下，五寸长的玻璃管只有半段在肚皮外闪光。于是人们捉紧孩子，使他仰卧不得摇动。"鬼子"开始一个人提起冷水壶，另一个对准那个长长的橡皮管顶端的漏水器。看起来"鬼子"像修理一架机器。四面围观的人好像有叹气的，好像大家一起在缩肩膀。孩子只是作出"呀！呀！"的短叫，很快一壶水灌完了！最后在滚涨的肚子上擦一点黄色药水，用小剪子剪一块白棉贴在破口。这就样白衣"鬼子"提了包轻便地走了！又到别人家去。

又是一天晴朗的日子，传染病患到绝顶的时候！女人们抱着半死的小孩，女人们始终惧怕打针，惧怕白衣的"鬼子"用水壶向小孩肚里灌水。她们不忍看那肿胀起来奇怪的肚子。

恶劣的传闻布遍着：

"李家的全家死了！""城里派人来验查，有病象的都用车子拉进城去，老太婆也拉，孩子也拉，拉去打药针。"

人死了听不见哭声，静悄悄抬着草捆或是棺材向着乱坟岗子走去，接接连连的，不断……

过午二里半的婆子把小孩送到乱坟岗子去！她看到别的几个小孩有的头发蒙住白脸，有的被野狗拖断了四肢，也有几个好好的睡在那里。

野狗在远的地方安然的嚼着碎骨发响。狗感到满足，狗不再为着追求食物而疯狂，也不再猎取活人。

平儿整夜呕着黄色的水，绿色的水，白眼珠满织着红色的丝纹。

赵三喃喃着走出家门，虽然全村的人死了不少，虽然庄稼在那里衰败，镰刀他却总想出卖，镰刀放在家里永久刺着他的心。

十三　你要死灭吗

王婆以为又是假装搜查到村中捉女人，于是她不想到什么恶劣的事情上去，安然地睡了。赵三那老头子也非常老了，他回来没有惊动谁也睡了。

过了夜，日本宪兵在门外轻轻敲门，走进来的，看样像个中国人。他的长靴染了湿淋的露水。从口袋取出手巾，摆出泰然的样子坐在炕沿慢慢擦他的靴子，访问就在这时开始。

"你家昨夜没有人来过？不要紧，你要说实话。"

赵三刚起来，意识有点不清，不晓得这是什么事情要发生。于是那个宪兵把手中的帽子用力抖了一下，不是柔和而不在意的态度了："混蛋！你怎么不知道？等带去你就知道了！"

说了这样话并没带他去。王婆一面在扣衣钮一面抢说：

"问的是什么人？昨夜来过几个'老总'，搜查没有什么就走了。"

那个军官样的把态度完全是对着王婆，用一种亲昵的声音问：

"老太太请告诉吧！有赏哩！"

王婆的样子仍是没有改变。那人又说：

"我们是捉胡子，有胡子乡民也是同样受害，你没见着昨天汽车来到村子宣传'王道'吗？'王道'叫人诚实。老太太说了吧！有赏呢？"

王婆面对着窗子照上来的红日影，她说：

"我不知道这回事。"

那个军官又想大叫，可是停住了，他的嘴唇困难的又动几下：

"'满洲国'要把害民的胡子扫清，知道胡子不去报告，查出来枪毙！"这时那个长靴人用斜眼神侮辱赵三一下。接着他再不说什么，等待答复，终于他什么也没得到答复。

还不到中午，乱坟岗子多了三个死尸，其中一个是女尸。

人们都知道那个女尸，就是在北村一个寡妇家搜出的那个"女学生"。

赵三听得别人说"女学生"是什么"党"。但是他不晓得什么"党"做什么解释。当夜在喝酒以后把这一切密事告诉了王婆，他也不知道那"女学生"倒有什么密事，到底为什么才死？他只感到不许传说的事情神秘，他也必定要说。

王婆她十分不愿意听，因为这件事情发生，她担心她的女儿，她怕是女儿的命运和那个"女学生"一般样。

赵三的胡子白了！也更稀疏，喝过酒，脸更是发红，他任意把自己摊散在炕角。

平儿担了大捆的绿草回来，晒干可以成柴，在院心他把绿草铺平。进屋他不立刻吃饭，透汗的短衫脱在身边，他好像愤怒似的，用力来抬响他多肉的骨头，嘴里长长的吐着呼吸。过了长时间爹爹说：

"你们年青人应该有些胆量。这不是叫人死吗？亡国了！麦地不能种了，鸡犬也要死净。"

老头子说话像吵架一般。王婆给平儿缝汗衫上的大口，她感动了，想到亡国，把汗衫缝错了！她把两个袖口完全缝住。

赵三和一个老牛般样，年青时的力气全都消灭，只回想"镰刀会"，又告诉平儿：

"那时候你还小着哩！我和李青山他们弄了个'镰刀会'。勇得很！可是我受了打击，那一次使我碰壁了，你娘去借只洋炮来，谁知还没用洋炮，就是一条棍子出了人命，从那时起就倒霉了！一年不如一年活到如今。"

"狗，到底不是狼，你爹从出事以后，对'镰刀会'就没趣了！青牛就是那年卖的。"

她这样饻白着，使赵三感到羞耻和愤恨。同时自己为什么当时就那样卑小？心脏发燃了一刻，他说着使自己满意的话：

"这下子东家也不东家了！有日本子，东家也不好干什么！"

他为着轻松充血的身子，他向树林那面去散步。那儿有树林，林梢在青色的天边涂出美调的和舒卷着的云一样的弧线。青的天幕在前面直垂下来，曲卷的树梢花边一般地嵌上天幕。田间往日的蝶儿在飞，一切野花还不曾开。小草房一座一座地摊落着，有的留下残墙在晒阳光，有的也许是被炸弹带走了屋盖。房身整整齐齐地摆在那里。

赵三阔大开胸膛，他呼吸田间透明的空气。他不愿意走了，停脚在一片荒芜的、过去的麦地旁。就这样不多一时，他又感到烦恼，因为他想起往日自己的麦田而今丧尽在炮火下，在日本兵的足下必定不能够再长起来。他带着麦田的忧伤又走过一片瓜田，瓜田也不见了种瓜的人，瓜田尽被一些蒿草充塞。去年看守瓜的小房，依然存在；赵三倒在小房下的短草梢头。他欲睡了！朦胧中看见一些"高丽"人从大树林穿过。视线从地平面直发过去，那一些"高丽"人仿佛是走在天边。

假如没有乱插在地面的家屋，那么赵三觉得自己是躺在天边了！

阳光迷住他的眼睛，使他不能再远看了！听得见村狗在远方无聊的吠叫。

如此荒凉的旷野，野狗也不到这里巡行。独有酒浇胸膛的赵三到这里巡行，但是他无有目的，任意足尖踏到什么地点，走过无数秃田。他觉得过于可惜，点一点头，摆一摆手，不住地叹着气走回家去。

村中的寡妇们多起来，前面是三个寡妇，其中的一个尚拉着她的孩子走。

红脸的老赵三走近家门又转弯了。他是那样信步而无主的走！忧伤在前面招示他，忽然间一个大凹洞，踏下脚去。他未曾注意这个，好像他一心要完成长途似的，继续前进。那里还有炸弹的洞穴，但不能阻碍他的去路，因为喝酒，壮年的血气鼓动他。

在一间破房子里，一只母猫正在哺乳一群小猫。他不愿看这些，他还走，没有一个熟人与他遇见。直到天西烧红着云彩，他滴血的心，垂泪的眼睛竟来到死去的年轻时伙伴们的坟上，不带酒祭奠他们，只是无话坐在朋友们之前。

亡国后的老赵三，蓦然念起那些死去的英勇的伙伴！留下活着的老的，只有悲愤而不能走险了，老赵三不能走险了！

那是个繁星的夜，李青山发着疯了！他的哑喉咙，使他讲话带着神秘而紧张的声色。这是第一次他们大型的集会。在赵三家里，他们像在举行什么盛大的典礼，庄严而静肃。人们感到缺乏空气一般，人们连鼻子也没有一个作响。屋子不燃灯，人们的眼睛和夜里的猫眼一般，闪闪有磷光而发绿。

王婆的尖脚，不住地踏在窗外，她安静的手下提了一只破洋灯罩，她时时准备着把玻璃灯罩摔碎。她是个守夜的老鼠，时时防备猫来。她到篱笆外绕走一趟，站在篱笆外听一听他们的谈论高低，有没有危险性？手中的灯罩她时刻不能忘记。

屋中李青山固执而且浊重的声音继续下去：

"在半月里，我才真知道人民革命军真是不行，要干人民革命军那就必得倒霉，他们尽是些'洋学生'，上马还得用人抬上去。

他们嘴里就会狂喊'退却'。二十八日那夜外面下小雨，我们十个同志正吃饭，饭碗被炸碎了哩！派两个出去寻炸弹的来路。大家想一想，两个'洋学生'跑出去，唉！丧气，被敌人追着连帽子都跑丢了，'洋学生'们常常给敌人打死。……"

罗圈腿插嘴了："革命军还不如红胡子有用？"

月光照进窗来太暗了！当时没有人能发见罗圈腿发问时是个什么奇怪的神情。

李青山又在开始：

"革命军纪律可真厉害，你们懂吗？什么叫纪律？那就是规矩。规矩太紧，我们也受不了。比方吧，屯子里年轻轻的姑娘眼望着不准去……哈哈！我吃了一回苦，同志打了我十下枪柄哩！"

他说到这里，自己停下笑起来，但是没敢大声。他继续下去。

二里半对于这些事情始终是缺乏兴致，他在一边瞌睡。老赵三用他的烟袋锅撞一下在睡的缺乏政治思想的二里半，并且赵三大不满意起来：

"听着呀！听着，这是什么年头还睡觉？"

王婆的尖脚乱踏着地面作响一阵，人们听一听，没听到灯罩的响声，知道日本兵没有来，同时人们感到严重的气氛。李青山的计划庄重着发表。

李青山是个农人，他尚分不清该怎样把事弄起来，只说着：

"屯子里的小伙子招集起来，起来救国吧！革命军那一群'学生'是不行。只有红胡子才有胆量。"

老赵三他的烟袋没有燃着，丢在炕上，急快地拍一下手他说：

"对！招集小伙子们，起名也叫革命军。"

其实赵三完全不能明白，因为他还不曾听说什么叫做革命军，他无由得到安慰，他的大手掌快乐地不停地捋着胡子。对于赵三这完全和十年前组织"镰刀会"同样兴致，也是暗室，也是静悄悄的讲话。

老赵三快乐得终夜不能睡觉，大手掌翻了个终夜。

同时站在二里半的墙外可以数清他鼾声的拍子。

乡间，日本人的毒手势力毒化农民，就说要恢复"大清国"，要做"忠臣""孝子""节妇"；可是另一方面，正相反的势力也增长着。

天一黑下来就有人越墙藏在王婆家中，那个黑胡子的人每夜来，成为王婆的熟人。在王婆家吃夜饭，那人向她说：

"你的女儿能干得很，背着步枪爬山爬得快呢！可是……已经……"

平儿蹲在炕下，他吸爹爹的烟袋，轻微的一点妒嫉横过心面。他有意弄响烟袋在门扇上，他走出去了。外面是阴沉全黑的夜，他在黑色中消灭了自己，等他忧悒着转回来时，王婆已是在垂泪的境况。

那夜老赵三回来得很晚，那是因为他逢人便讲亡国，救国，义勇军，革命军……这一些出奇的字眼，所以弄得回来这样晚。快鸡叫的时候了，赵三的家没有鸡，全村听不见往日的鸡鸣。只有褪色的月光在窗上，"三星"不见了，知道天快明了。

他把儿子从梦中唤醒，他告诉他得意的宣传工作：东村那个寡妇怎样把孩子送回娘家预备去投义勇军，小伙子们怎样准备集合。老头子好像已在衙门里做了官员一样，摇摇摆摆着他讲话时的姿势，摇摇摆摆着他自己的心情，他整个的灵魂在阔步！

稍微沉静一刻，他问平儿：

"那个人来了没有？那个黑胡子的人？"

平儿仍回到睡中，爹爹正鼓动着生力，他却睡了！爹爹的话在他耳边，像蚊虫嗡叫一般的无意义。赵三立刻动怒起来，他觉得他光荣的事业，不能有人承受下去，感到养了这样的儿子没用，他失望。

王婆一点声息也不作出，像是在睡般地。

明朝，黑胡子的人忽然走来，王婆又问他：

"那孩子死的时候，你到底是亲眼看见她没有？"

他弄着骗术一般：

"老太太你怎么还不明白？不是老早就对你讲么？死了就死了吧！革命就不怕死，那是露脸的死啊……比当日本狗的奴隶活着强得多哪！"

王婆常常听他们这一类人说"死"说"活"……她也想死是应该，于是安静下去，用她昨夜为着泪水所浸蚀的眼睛观察那熟人急转的面孔。终于她接受了！那人从囊中取出来的所有小本子，和像黑点一般小字充满在上面的零散的纸张，她全接受了！另外还有发亮的小枪一支也递给王婆。那个人急忙着要走，这时王婆又不自禁的问：

"她也是枪打死的吗?"

那人开门急走出去了！因为急走，那人没有注意到王婆。

王婆往日里，她不知恐怖，常常把那一些别人带来的小本子放在厨房里。有时她竟任意丢在席子下面。今天她却减少了胆量，她想那些东西若被搜查着，日本兵的刺刀会刺通了自己。她好像觉着自己的遭遇要和女儿一样似的，尤其是手掌里的小枪。她被恫吓着慢慢颤栗起来。女儿也一定被同样的枪杀死。她终止了想，她知道当前的事情开始紧急。

赵三仓惶着脸回来，王婆没有理他走向后面柴堆那儿。柴草不似每年，那是烧空了！在一片平地上稀疏地生着马蛇菜。她开始掘地洞；听村狗狂咬，她有些心慌意乱，把镰刀头插进土去无力拔出。她好像要倒落一般，全身受着什么压迫要把肉体解散了一般。过了一刻难忍昏迷的时间，她跑去呼唤她的老同伴。可是当走到房门又急转回来，也想起别人的训告：

——重要的事情谁也不能告诉，两口子也不能告诉。

那个黑胡子的人，向她说过的话也使她回想了一遍：

——你不要叫赵三知道，那老头子说不定和小孩子似的。

等她埋好之后，日本兵继续来过十几个，多半只戴了铜帽，连长靴都没穿就来了。人们知道他们又是在弄女人。

王婆什么观察力也失去了！不自觉地退缩在赵三的背后，就连那永久带着笑脸，常来王婆家搜查的日本官长，她也不认识了。临走时那人向王婆说"再见"，她直直迟疑着而不回答一声。

"拔"——"拔",就是出发的意思,老婆们给男人在搜集衣裳或是鞋袜。

李青山派人到每家去寻个公鸡,没得寻到,有人提议把二里半的老山羊杀了吧!山羊正走在李青山门前,或者是歇凉,或者是它走不动了。它的一只独角塞进篱墙的缝际,小伙子们去抬它,但是无法把独角弄出。

二里半从门口经过,山羊就跟在后面回家去了。二里半说:"你们要杀就杀吧!早晚还不是给日本子留着吗!"

李二婶子在一边说:"日本子可不要它,老得不成样。"

二里半说:"日本子可不要它,老也老死了!"

人们宣誓的日子到了!没有寻到公鸡,决定拿老山羊来代替。小伙子们把山羊抬着,在杆上四脚倒挂下去。山羊不住哀叫。二里半可笑的悲哀的形色跟着山羊走来。他的跛脚仿佛是一步一步把地面踏陷。波浪状地行走,愈走愈快!他的老婆疯狂地想把他拖回去,然而不能做到,二里半惶惶地走了一路。山羊被抬过一个山腰的小曲道,山羊被升上院心铺好红布的方桌。

东村的寡妇也来了。她在桌前跪下祷告了一阵,又到桌前点着两只红蜡烛。蜡烛一点着,二里半知道快要杀羊了。

院心除了老赵三,那尽是一些年青的小伙子在走、转。他们袒露胸臂,强壮而凶横。

赵三总是向那个东村的寡妇说,他一看见她便宣传她,他一遇见事情,就不像往日那样贪婪吸他的烟袋。说话表示出庄严,连胡子也不动荡一下：

"救国的日子就要来到，有血气的人不肯当亡国奴，甘愿做日本刺刀下的屈死鬼。"

赵三只知道自己是中国人。无论别人对他讲解了多少遍，他总不能明白他在中国人中是站在怎样的阶级。虽然这样，老赵三也是非常进步，他可以代表整个的村人在进步着，那就是他从前不晓得什么叫国家，从前也许忘掉了自己是那国的国民。

他不开言了，静站在院心，等待宏壮悲愤的典礼来临。

来到三十多人，带来重压的大会，可真的触到赵三了！使他的胡子也感到非常重要而不可挫碰一下。

四月里晴朗的天空从山脊流照下来，房周的大树群，在正午垂曲的立在太阳下。畅明的天光与人们共同宣誓。

寡妇们和亡家的独身汉在李青山喊过口号之后，完全用膝头曲倒在天光之下。羊的脊背流过天光，桌前的大红蜡烛在沉默的人头前面燃烧。李青山的大个子直立在桌前："弟兄们！今天是什么日子！知道吗？今天……我们去敢死……决定了……就是把我们的脑袋挂满了整个村子所有的树梢也情愿，是不是啊？……是不是……？弟兄们……？"

回声先从寡妇们传出："是呀！千刀万剐也愿意！"

哭声刺心一般痛，哭声方锥一般落进每个人的胸膛。一阵强烈的悲酸掠过低垂的人头，苍苍然蓝天欲坠了！

老赵三立到桌子前面，他不发声，先流泪：

"国……国亡了！我……我也……老了！你们还年青，你们去救国吧！我的老骨头再……再也不中用了！我是个老亡国奴，我不会眼见你们把日本旗撕碎，等着我埋在坟里……也要把中国旗子插在坟顶，我是中国人！……我要中国旗子，我不当亡国奴，生是中国人，死是中国鬼……不……不是亡……亡国奴……"

浓重不可分解的悲酸，使树叶垂头。赵三在红蜡烛前用力鼓了桌子两下，人们一起哭向苍天了！人们一起向苍天哭泣。大群人起着号啕！

就这样把一只匣枪装好子弹摆在众人前面。每人走到那支枪口就跪倒下去"盟誓"：

"若是心不诚，天杀我，枪杀我，枪子是有灵有圣有眼睛的啊！"

寡妇们也是盟誓。也是把枪口对准心窝说话。只有二里半在人们宣誓之后快要杀羊时他才回来。从什么地方他捉一只公鸡来！只有他没曾宣誓，对于国亡，他似乎没有什么伤心。他领着山羊回家去。别人的眼睛，尤其是老赵三的眼睛在骂他：

"你个老跛脚的东西，你，你不想活吗？……"

十五　失败的黄色药包

开拔的队伍在南山道转弯时，孩子在母亲怀中向父亲送别。行过大树道，人们滑过河边，他们的衣装和步伐看起来不像一个队伍，但衣服下藏着猛壮的心。这些心把他们带走，他们的心铜一般凝结着出发。最末一刻大山坡还未曾遮没最后的一个人，一个抱在妈妈怀中的小孩他呼叫"爹爹"。孩子的呼叫什么也没得到，父亲连手臂也没摇动一下，孩子好像把声响撞到了岩石。

女人们一进家屋，屋子好像空了；房屋好像修造在天空，素白的阳光在窗上，却不带来一点意义。她们不需要男人回来，只需要好消息。消息来时，是五天过后，老赵三赤着显露筋骨的脚奔向李二婶子去告诉：

"听说青山他们被打散啦！"显然赵三是手足无措，他的胡子也震惊起来，似乎忙着要从他的嘴巴跳下。

"真的有人回来了吗?"

李二婶子的喉咙变做细长的管道，使声音出来做出多角形。

"真的，平儿回来啦！"赵三说。

严重的夜，从天上走下。日本兵团剿打鱼村、白旗屯、和三家子……

平儿正在王寡妇家，他休息在情妇的心怀中。外面狗叫，听到日本人说话，平儿越墙逃走；他埋进一片蒿草中，蛤蟆在脚间跳。

"非拿住这小子不可，怕是他们和义勇军接连。"

在蒿草中他听清这是谁们在说："走狗们。"

平儿他听清他的情妇被拷打：

"男人哪里去啦? ——快说，再不说枪毙!"

他们不住骂："你们这些母狗，猪养的。"

平儿完全赤身，他走了很远。他去扯衣襟拭汗，衣襟没有了，在腿上扒了一下，于是才发现自己的身影落在地面和光身的孩子一般。

二里半的麻婆子被杀，罗圈腿被杀，死了两个人，村中安息两天。第三天又是要死人的日子。日本兵满村窜走，平儿到金枝家棚顶去过夜。金枝说：

"不行呀！棚顶方才也来小鬼子翻过。"

平儿于是在田间跑着，枪弹不住向他放射，平儿的眼睛不会转弯，他听有人近处叫："拿活的，拿活的……"

他错觉的听到了一切，他遇见一扇门推进去，一个老头在烧饭，平儿快流眼泪了：

"老伯伯，救命，把我藏起来吧！快救命吧！"

老头子说："什么事？"

"日本子捉我。"

平儿鼻子流血，好像他说到日本子才流血。他向全屋四面张望，就像连一条缝也没寻到似的，他转身要跑，老人捉住，出了后门，盛粪的长形的笼子在门旁，掀起粪笼老人说：

"你就爬进去，轻轻喘气。"

老人用粥饭涂上纸条把后门封起来，他到锅边吃饭。粪笼下的平儿听见来人和老人讲话，接着他便听到有人在弄门闩，门就要开了，自己就要被捉了！他想要从笼子跳出来。但，很快那些人，那些魔鬼去了！

平儿从安全的粪笼出来，满脸粪屑，白脸染着红血条，鼻子仍然流血，他的样子已经很可怜。

李青山这次他信任"革命军"有用，逃回村来，他不同别人一样带回衰丧的样子，他在王婆家说：

"革命军所好是他不混乱干事，他们有纪律，这回我算相信，红胡子算完蛋，自己纷争，乱撞胡撞。"

这次听众很少，人们不相信青山。村人天生容易失望，每个人容易失望。每个人觉得完了！只有老赵三，他不失望，他说：

"那么再组织起来去当革命军吧！"

王婆觉得赵三说话和孩子一般可笑。但是她没笑他。她对身边坐着戴男人帽子的当过胡子救国的女英雄说：

"死的就丢下，那么受伤的怎么样了？"

"受微伤的不都回来了吗！受重伤那就管不了，死就是啦！"

正这时北村一个老婆婆疯了似的哭着跑来和李青山拼命。她捧住头，像捧住一块石头般地投向墙壁，嘴中发出短句：

"李青山……仇人……我的儿子让你领走去丧命。"

人们拉开她，她奋力挣扎，比一条疯牛更有力：

"就这样不行，你把我给小日本子送去吧！我要死，……到应死的时候了！……"

她就这样不住的捉她的头发，慢慢她倒下来，她换不上气来，她轻轻拍着王婆的膝盖：

"老姐姐，你也许知道我的心，十九岁守寡，守了几十年，守这个儿子；……我那些挨饿的日子呀！我跟孩子到山坡去割毛草，大雨来了，雨从山坡把娘儿两个拍滚下来，我的头，在我想是碎了，谁知道？还没死……早死早完事。"

她的眼泪一阵湿热湿透王婆的膝盖。她开始轻轻哭：

"你说我还守什么？……我死了吧！有日本子等着，菱花那丫头也长不大，死了吧！"

果然死了，房梁上吊死的。三岁孩子菱花小脖颈和祖母并排悬着，高挂起正像两条瘦鱼。

死亡率在村中又在开始快速，但是人们不怎样觉察，患着传染病一般地全乡村又在昏迷中挣扎。

"爱国军"从三家子经过，张着黄色旗，旗上有红字"爱国军"。人们有的跟着去了。他们不知道怎样爱国，爱国又有什么用处，只是他们没有饭吃啊！

李青山不去，他说那也是胡子编成的。老赵三为着"爱国军"和儿子吵架：

"我看你是应该去，在家若是传出风声去有人捉拿你。跟去混混，到最末就是杀死一个日本鬼子也上算，也出出气。年青气壮，出一口气也是好的。"

老赵三一点见识也没有，他这样盲动的说话使儿子不佩服。平儿同爹爹讲话总是把眼睛绕着圈子斜视一下，或是不调协地抖一两下肩头，这样对待他，他非常不愿意接受，有时老赵三自己想：

"老赵三怎不是个小赵三呢！"

十六　尼姑

金枝要做尼姑去。

尼姑庵红砖房子就在山尾那端。她去开门没能开，成群的麻雀在院心啄食，石阶生满绿色的苔藓。她问一个邻妇，邻妇说：

"尼姑在事变以后，就不见，听说跟造房子的木匠跑走的。"

从铁门栏看进去，房子还未上好窗子，一些长短的木块尚在院心，显然可以看见正房里，凄凉的小泥佛在坐着。

金枝看见那个女人肚子大起来，金枝告诉她说：

"这样大的肚子你还敢出来？你没听说小日本子把大肚女人弄去破'红枪会'吗？日本子把女人肚子割开，去带着上阵，他们说红枪会什么也不怕，就怕女人；日本子叫'红枪会'做'铁孩子'呢！"

那个女人立刻哭起来。

"我说不嫁出去，妈妈不许，她说日本子就要姑娘。看看，这回怎么办？孩子的爹爹走就没见回来，他是去当'义勇军'。"

有人从庙后爬出来，金枝她们吓着跑。

"你们见了鬼吗？我是鬼吗？……"

往日美丽的年青的小伙子，和死蛇一般爬回来。五姑姑出来看见自己的男人，她想到往日受伤的马，五姑姑问他："'义勇军'全散了吗？"

"全散啦！全死啦！就连我也死啦！"他用一只胳臂打着草梢

轮回:

"养汉老婆,我弄得这个样子,你就一句亲热的话也没有吗?"

五姑姑垂下头,和睡了的向日葵花一般。大肚子的女人回家去了! 金枝又走向哪里? 她想出家庙庵早已空了!

十七　不健全的腿

"'人民革命军'在哪里?"二里半突然问起赵三说。这使赵三想:"二里半当了走狗吧?"他没对他告诉。二里半又去问青山。青山说:

"你不要问,再等几天跟着我走好了!"

二里半急迫着好像他就要跑到革命军去。青山长声告诉他:

"革命军在磐石,你去得了吗? 我看你一点胆量也没有,杀一只羊都不能够。"接着他故意羞辱他似的:

"你的山羊还好啊?"

二里半为了生气,他的白眼球立刻多过黑眼球。他的热情立刻在心里结成冰。李青山不与他再多说一句,望向窗外天边的树,小声摇着头,他唱起小调来。二里半临出门,青山的女人流汗在厨房向他说:

"李大叔,吃了饭走吧!"

青山看到二里半可怜的样子,他笑说:

"回家做什么,老婆也没有了,吃了饭再走吧!"

他自己没有了家庭,他贪恋别人的家庭。当他拾起筷子时,很快一碗麦饭吃下去了，接连他又吃两大碗，别人还不吃完，他已经在抽烟了！他一点汤也没喝，只吃了饭就去抽烟。

"喝些汤，白菜汤很好。"

"不喝，老婆死了三天，三天没吃干饭哩！"二里半摇着头。

青山忙问："你的山羊吃了干饭没有？"

二里半吃饱饭，好像一切都有希望。他没生气，照例自己笑起来。他感到满意离开青山家。在小道不断地抽他的烟火。天色茫茫的并不引他悲哀，蛤蟆在小河边一声声的哇叫。河边的小树随了风在骚闹，他踏着往日自己的菜田，他振动着往日的心波。菜田连棵菜也不生长。

那边的人家老太太和小孩子们载起暮色来在田上匐匍，他们相遇在地端。二里半说：

"你们在掘地吗？地下可有宝物？若有我也蹲下掘吧！"

一个很小的孩子发出脆声："拾麦穗呀！"孩子似乎是快乐，老祖母在那边已叹息了：

"有宝物？……我的老天爷？孩子饿得乱叫，领他们来拾几粒麦穗，回家给他们做干粮吃。"

二里半把烟袋给老太太吸。她拿过烟袋，连擦都没有擦，就放进嘴去。显然她是熟习吸烟，并且十分需要。她把肩膀抬得高高，她紧合了眼睛，浓烟不住从嘴冒出，从鼻孔冒出。那样很危险，好像她的鼻子快要着火。

"一个月也多了，没得摸到烟袋。"

她像仍不愿意舍弃烟袋，理智勉强了她。二里半接过去把烟袋在地面敲着。

人间已是那般寂寞了，天边的红霞没有鸟儿翻飞，人家的篱墙没有狗儿吠叫。

老太太从腰间慢慢取出一个纸团，纸团慢慢在手下舒展开，而后又折平。

"你回家去看看吧！老婆、孩子都死了！谁能救你，你回家去看看吧！看看就明白啦！"

她指点那张纸，好似指点符咒似的。

天更黑了！黑得和帐幕紧逼住人脸。最小的孩子，走几步，就抱住祖母的大腿，他不住的嚷着：

"奶奶，我的筐满了，我提不动呀！"

祖母为他提筐，拉着他。那几个大一些的孩子卫队似的跑在前面。到家，祖母点灯看时，满筐蒿草，蒿草从筐沿要流出来，而没有麦穗。祖母打着孩子的头笑了：

"这都是你拾得的麦穗吗？"祖母把笑脸转换哀伤的脸，她想："孩子还不能认识麦穗，难为了孩子！"

五月节，虽然是夏天，却像吹起秋风来。二里半熄了灯，雄壮着从屋檐出现，他提起切菜刀，在墙角，在羊棚，就是院外杨树下，他也搜遍。他要使自己无牵无挂，好像非立刻杀死老羊不可。

这是二里半临行的前夜。

老羊鸣叫着回来，胡子间挂了野草，在栅栏处擦得栅栏响。

二里半手中的刀，举得比头还高，他朝向栏杆走去。

菜刀飞出去，喳啦的砍倒了小树。

老羊走过来，在他的腿间搔痒。二里半许久许久地摸抚羊头，他十分羞愧，好像耶稣教徒一般向羊祷告。

清早他像对羊说话，在羊棚喃喃了一阵，关好羊栏，羊在栏中吃草。

五月节，晴明的蓝空。老赵三看这不像个五月节样：麦子没长起来，嗅不到麦香，家家门前没挂纸葫芦。他想这一切是变了！变得这样速！去年五月节，清清明明的，就在眼前似的，孩子们不是捕蝴蝶吗？他不是喝酒吗？

他坐在门前一棵倒折的树干上，凭吊这已失去的一切。

李青山的身子经过他，他扮成"小工"模样，赤足卷起裤口，他说给赵三：

"我走了！城里有人候着，我就要去……"

青山没提到五月节。

二里半远远跛脚奔来，他青色马一样的脸孔，好像带着笑容。他说：

"你在这里坐着，我看你快要朽在这根木头上……"

二里半回头看时，被关在栏中的老羊，居然随在身后，立刻他的脸更拖长起来：

"这条老羊……替我养着吧！赵三哥！你活一天替我养一天吧！……"

二里半的手，在羊毛上惜别，他流泪的手，最后一刻摸着羊毛。

　　他快走，跟上前面李青山去。身后老羊不住哀叫，羊的胡子慢慢在摆动……

　　二里半不健全的腿颠跛着颠跛着，远了！模糊了！山岗和树林，渐去渐遥。羊声在遥远处伴着老赵三茫然的嘶鸣。

1934 年 9 月 9 日

牛 车 上

金花菜在三月的末梢就开遍了溪边。我们的车子在朝阳里轧着山下的红绿颜色的小草，走出了外祖父的村梢。

车夫是远族上的舅父，他打着鞭子，但那不是打在牛的背上，只是鞭梢在空中绕来绕去。

"想睡了吗？车刚走出村子呢！喝点梅子汤吧！等过了前面的那道溪水再睡。"外祖父家的女佣人，是到城里去看她的儿子的。

"什么溪水，刚才不是过的吗？"从外祖父家带回来的黄猫，也好像要在我的膝头上睡觉了。

"后塘溪。"她说。

"什么后塘溪？"我并没有注意她，因为外祖父家留在我们的后面，什么也看不见了，只有村梢上庙堂前的红旗杆还露着两个金顶。

"喝一碗梅子汤吧，提一提精神。"她已经端了一杯深黄色的梅子汤在手里，一边又去盖着瓶口。

"我不提，提什么精神，你自己提吧！"

他们都笑了起来，车夫立刻把鞭子抽响了一下。

"你这姑娘……顽皮……巧舌头……我……我……"他从车辕转过身来，伸手要抓我的头发。

我缩着肩头跑到车尾上去。村里的孩子没有不怕他的，说他当过兵，说他捏人的耳朵也很痛。

五云嫂下车去给我采了这样的花，又采了那样的花，旷野上的风吹得更强些，所以她的头巾好像是在飘着。因为乡村留给我尚没有忘却的记忆，我时时把她的头巾看成乌鸦或是鹊雀。她几乎是跳着，几乎和孩子一样。回到车上，她就唱着各种花朵的名字，我从来没看到过她像这样放肆一般的欢喜。

车夫也在前面哼着低粗的声音，但那分不清是什么词句。那短小的烟管顺着风时时送着烟氛，我们的路途刚一开始，希望和期待还离得很远。

我终于睡了，不知是过了后塘溪，或是什么地方，我醒过一次，模模糊糊的好像那管鸭的孩子仍和我打着招呼，也看到了坐在牛背上的小根和我告别的情景……也好像外祖父拉住我的手又在说："回家告诉你爷爷，秋凉的时候让他来乡下走走……你就说你姥爷腌的鹌鹑和顶好的高粱酒，等着他来一块喝呢……你就说我动不了，若不然，这两年，我总也去……"

唤醒我的不是什么人，而是那空空响的车轮。我醒来，第一下我看到的是那黄牛自己走在大道上，车夫并不坐在车辕上。在我寻找的时候，他被我发现在车尾上，手上的鞭子被他的烟管代替着，左手不住地在擦着下颏，他的眼睛顺着地平线望着辽阔的远方。

我寻找黄猫的时候，黄猫坐到五云嫂的膝头上去了，并且她还抚摸猫的尾巴。我看着她的蓝布头巾已经盖过了眉头，鼻子上显明的皱纹因为挂了尘土，更显明起来。

他们并没有注意到我的醒转。

"到第三年，他就不来信啦！你们这当兵的人……"

我就问她："你丈夫也是当兵的吗？"

赶车的舅舅，抓了我的辫发，把我向后拉了一下。

"那么以后……就总也没有信来？"他问她。

"你听我说呀！八月节刚过……可记不得哪一年啦，吃完了早饭，我就在门前喂猪，一边咚咚地敲着槽子，一边'嘞唠嘞唠'地叫着猪……哪里听得着呢？南村王家的二姑娘喊着：'五云嫂，五云嫂……'一边跑着一边喊着：'我娘说，许是五云哥给你捎来的信！'真是，在我眼前的真是一封信，等我把信拿到手哇！看看……我不知为什么就止不住心酸起来……他还活着吗！他……眼泪就掉在那红签条上，我就用手去擦，一擦，这红圈子就印到白的上面去。把猪食就丢在院心……进屋摸了件干净衣裳，我就赶紧跑。跑到南村的学房，见了学房的先生，我一面笑着，就一面流着眼泪……我说：'是外头人来的信，请先生看看……一年来的没来过一个字。'学房先生接到手里一看，就说不是我的。那信我就丢在学房里跑回来啦……猪也没有喂，鸡也没有上架，我就躺在炕上啦……好几天，我像失了魂似的。"

"从此就没有来信？"

"没有。"她打开了梅子汤的瓶口，喝了一碗，又喝一碗。

"你们这当兵的人，只说三年二载……可是回来，回来个什么呢！回来个灵魂给人看看吧……"

"什么？"车夫说，"莫不是阵亡在外吗……"

"是，就算吧！音信皆无过了一年多。"

"是阵亡？"车夫从车上跳下去，拿了鞭子，在空中抽了两下，似乎是什么爆裂的声音。

"还问什么……这当兵的人真是凶多吉少。"她折皱的嘴唇好像撕裂了的绸片似的，显得轻浮和单薄。

车子一过黄村，太阳就开始斜了下去，青青的麦田上飞着鹊雀。

"五云哥阵亡的时候，你哭吗？"我一面捉弄着黄猫的尾巴，一面看着她。但她没有睬我，自己在整理着头巾。

等车夫颠跳着来在了车尾，扶了车栏，他一跳就坐在了车上。在他没有抽烟之前，他的厚嘴唇好像关紧了的瓶口似的严密。

五云嫂的说话，好像落着小雨似的，我又顺着车栏睡下了。

等我再醒来，车子停在一个小村头的井口边，牛在饮着水，五云嫂也许是哭过，她陷下的眼睛高起来了，并且眼角的皱纹也张开来。车夫从井口搅了一桶水提到车子旁边：

"不喝点吗？清凉清凉……"

"不喝。"她说。

"喝点吧，不喝，就是用凉水洗洗脸也是好的。"他从腰带上取下手巾来，浸了浸水，"揩一揩！尘土迷了眼睛……"

当兵的人，怎么也会替人拿手巾？我感到了惊奇。我知道的当兵的人就会打仗，就会打女人，就会捏孩子们的耳朵。

"那年冬天，我去赶年市……我到城里去卖猪鬃，我在年市上喊着：'好硬的猪鬃来……好长的猪鬃来……'后一年，我好像把他爹忘下啦……心上也不牵挂……想想那没有个好，这些年，人还会活着！到秋天，我也到田上去割高粱，看我这手，也吃过气力……春天就带着孩子去做长工，两个月三个月的就把家拆了。冬天又把家归拢起来。什么牛毛啦……猪毛啦……还有些收拾来的鸟雀的毛。冬天就在家里收拾，收拾干净啦呀……就选一个暖和的天气进城去卖。若有顺便进城去的车呢，把秃子也就带着……那一次没有秃子。偏偏天气又不好，天天下清雪，年市上不怎么热闹；没有几捆猪鬃也总卖不完。一早就蹲在市上，一直蹲到太阳偏西。在十字街口，一家大买卖的墙头上贴着一张大纸，人们来来往往地在那里看，像是从一早那张纸就贴出来了！也许是晌午贴的……有的还一边看一边念出来几句。我不懂得那一套……人们说是'告示，告示'，可是告的什么，我也不懂那一套……'告示'倒知道，是官家的事情，与我们做小民的有什么长短！可不知为什么看的人就那么多……听说么，是捉逃兵的'告示'……又听说……又听说几天就要送到县城枪毙……"

"哪一年？民国十年枪毙逃兵二十多个的那回事吗？"车夫把卷起的衣袖在下意识里把它放下来，又用手扫着下颏。

"我不知道那叫什么年……反正枪毙不枪毙与我何干，反正我的猪鬃卖不完就不走运气……"她把手掌互相擦了一会，猛然像是拍着蚊虫似的，凭空打了一下：

"有人念着逃兵的名字……我看着那穿黑马褂的人……我就说，'你再念一遍！'起先猪毛还拿在我的手上……我听到了姜五云姜五云的，好像那名字响了好几遍……我过了一些时候才想要呕吐……喉管里像有什么腥气的东西喷上来，我想咽下去！……又咽不下去！……眼睛冒着火苗……那些看'告示'的人往上挤着，我就退在了旁边。我再上前去看看，腿就不做主啦！看'告示'的人越多，我就退下来了！越退越远啦……"

她的前额和鼻头都流下汗来。

"跟了车，回到乡里，就快半夜了。一下车的时候，我才想起了猪毛……哪里还记得起猪毛……耳朵和两张木片似的啦……包头巾也许是掉在路上，也许是掉在城里……"

她把头巾掀起来，两个耳朵的下梢完全丢失了。

"看看，这是当兵的老婆……"

这回她把头巾束得更紧了一些，所以随着她的讲话，那头巾的角部也起着小小的跳动。

"五云倒还活着，我就想看看他，也算夫妇一回……"

"……二月里，我就背着秃子，今天进城，明天进城……'告示'听说又贴过了几回，我不去看那玩艺儿，我到衙门去问，他们说：'这里不管这事，'让我到兵营里去！……我从小就怕见官……乡下孩子，没有见过。那些带刀挂枪的，我一看到就发颤……去吧！反正他们也不是见人就杀……后来常常去问，也就不怕了。反正一家三口，已经有一口拿在他们的手心里……他们告诉我，逃兵还没有送过来。我说什么时候才送过来呢？他们说：
'再过一个月吧！'……等我一回到乡下，就听说逃兵已从什么县
城，那是什么县城？到今天我也记不住那是什么县城……就是听
说送过来啦就是啦……都说若不快点去看，人可就没有了。我再
背着秃子，再进城……去问问，兵营的人说：'好心急，你还要问
个百八十回。不知道，也许就不送过来。'……有一天，我看着一
个大官，坐着马车，叮咚叮咚地响着铃子，从营房走出来了……
我把秃子放在地上，我就跑过去，正好马车是向着这边来的，我
就跪下了，也不怕马蹄就踏在我的头上。"

"'大老爷，我的丈夫……姜五……'我还没有说出来，就觉
得肩膀上很沉重……那赶马车的把我往后面推倒了，好像跌了跤
似的我爬在道边去。只看到那赶马车的也戴着兵帽子。"

"我站起来，把秃子又背在背上……营房的前边，就是一条
河，一个下半天都在河边上看着水。有些钓鱼的，也有些洗衣裳
的。远一点，在那河湾上那水就深了，看着那浪头一排排地从眼
前过去。不知道几百条浪头都坐着看过去了。我想把秃子放在河
边上，我一跳就下去吧！留他一条小命，他一哭就会有人把他收
了去。

"我拍着那个小胸脯，我好像说：'秃儿，睡吧。'我还摸摸那
圆圆的耳朵，那孩子的耳朵，真是，长得肥满，和他爹的一模一
样，一看到那孩子的耳朵，就看到他爹了。"

她为了赞美而笑了笑。

"我又拍着那小胸脯，我又说：'睡吧！秃儿。'我想起了，我

还有几吊钱，也放在孩子的胸脯里吧！正在伸，伸手去放……放的时节……孩子睁开眼睛了……又加上一只风船转过河湾来，船上的孩子喊妈的声音我一听到，我就从沙滩上面……把秃子抱……抱在……怀里了……"

她用包头巾像是紧了紧她的喉咙，随着她的手，眼泪就流了下来。

"还是……还是背着他回家吧！哪怕讨饭，也是有个亲娘……亲娘的好……"

那蓝色头巾的角部，也随着她的下颏颤抖了起来。

我们车子的前面正过着一堆羊群，放羊的孩子口里响着用柳条做成的叫子，野地在斜过去的太阳里边分不出什么是花什么是草了！只是混混黄黄的一片。

车夫跟着车子走在旁边，把鞭梢在地上荡起着一条条的烟尘。

"……一直到五月，营房的人才说：'就要来的，就要来的。'

"……五月的末梢，一只大轮船就停在了营房门前的河沿上。不知怎么这样多的人！比七月十五看河灯的人还多……"

她的两只袖子在招摇着。

"逃兵的家属，站在右边……我也站过去，走过一个戴兵帽子的人，还每个人给挂了一张牌子……谁知道，我也不认识那字……

"要搭跳板的时候，就来了一群兵队，把我们这些挂牌子的……就圈了起来……'离开河沿远点，远点……'他们用枪把子把我们赶到离开那轮船有三四丈远……站在我旁边的，一个白胡子的老头，他一只手里提着一个包裹，我问他：'老伯，为啥还带来这东西？'……'哼！不！我有一个儿子和一个侄子……一人一包……回阴曹地府，不穿洁净衣裳是不上高的……'

"跳板搭起来了……一看跳板搭起来就有哭的……我是不哭，我把脚跟立得稳稳当当的，眼睛往船上看着……可是，总不见出来……过了一会，一个兵官，挎着洋刀，手扶着栏杆说：'让家属们再往后退退……就要下船……'听着'吭唥'一声，那些兵队又用枪把子把我们向后赶了过去，一直赶上道旁的豆田，我们就站在豆秧上，跳板又呼隆隆地搭起了一块……走下来了，一个兵官领头……那脚镣子，哗啦哗啦的……我还记得，第一个还是个小矮个……走下来五六个啦……没有一个像秃子他爹宽宽肩膀的，是真的，很难看……两条胳臂直伸伸的……我看了半天工夫，才看出手上都是带了铐子的。旁边的人越哭，我就格外更安静。我只把眼睛看着那跳板……我要问问他爹'为啥当兵不好好当，要当逃兵……你看看，你的儿子，对得起吗？'

"二十来个，我不知道哪个是他爹，远看都是那么个样儿。一个青年的媳妇……还穿了件绿衣裳，发疯了似的，穿开了兵队抢过去了……当兵的哪肯叫她过去……就把她抓回来，她就在地上打滚。她喊：'当了兵还不到三个月呀……还不到……'两个兵队的人就把她抬回来，那头发都披散开啦。又过了一袋烟的工夫，才把我们这些挂牌子的人带过去……越走越近了，越近也就越看不清楚哪个是秃子他爹……眼睛起了白蒙……又加上别人都呜呜嗬嗬的，哭得我多少也有点心慌……

"还有的嘴上抽着烟卷，还有的骂着……就是笑的也有。当兵的这种人……不怪说，当兵的不信命……

"我看看，真是没有秃子他爹，哼！这可怪事……我一回身，就把一个兵官的皮带抓住，'姜五云呢？''你是他的什么人？''是我的丈夫。'我把秃子可就放在地上啦……放在地上，那不作美的就哭起来，我啪的一声，给秃子一个嘴巴……接着，我就打了那兵官：'你们把人消灭到什么地方去啦？'

"'好的……好家伙……够朋友……'那些逃兵们就连起声来跺着脚喊。兵官看看这情形，赶快叫当兵的把我拖开啦……他们说：'不只姜五云一个人，还有两个没有送过来，明后天，下一班船就送来……逃兵里他们三个是头目。'

"我背着孩子就离开了河沿，我就挂着牌子走下去了。我一路走，一路两条腿发颤。奔来看热闹的人满街满道啦……我走过了营房的背后，兵营的墙根下坐着拿两个包裹的老头，他的包裹只剩了一个。我说：'老伯，你的儿子也没来吗？'我一问他，他就把背脊弓了起来，用手把胡子放在嘴唇上，咬着胡子就哭啦！

"他还说：'因为是头目，就当地正法了咧！'当时，我还不知道这'正法'是什么……"

她再说下去，那是完全不相接连的话头。

"又过三年，秃子八岁的那年，把他送进了豆腐房……就是这样：一年我来看他两回。二年回家一趟……回来也就是十天半月的……"

车夫离开车子，在小毛道上走着，两只手放在背后。太阳从横面把他拖成一条长影，他每走一步，那影子就分成了一个叉形。

"我也有家小……"他的话从嘴唇上流下来似的，好像他对着旷野说的一般。

"哟!"五云嫂把头巾放松了些。

"什么!"她鼻子上的折皱抖动了一些时候，"可是真的……兵不当啦也不回家……"

"哼! 回家! 就背着两条腿回家?"车夫把肥厚的手揩扭着自己的鼻子笑了。

"这几年，还没多少赚几个?"

"都是想赚几个呀! 才当逃兵去啦!"他把腰带更束紧了一些。

我加了一件棉衣，五云嫂披了一张毯子。

"嗯! 还有三里路……这若是套的马……嗯! 一颠搭就到啦! 牛就不行，这牲口性子没紧没慢，上阵打仗，牛就不行……"车夫从草包取出棉袄来，那棉袄顺着风飞着草末，他就穿上了。

黄昏的风，却是和二月里的一样。车夫在车尾上打开了外祖父给祖父带来的酒坛。

"喝吧! 半路开酒坛，穷人好赌钱……喝上两杯。"他喝了几杯之后，把胸膛就完全露在外面。他一面啮嚼着肉干，一边嘴上起着泡沫。风从他的嘴边走过时，他唇上的泡沫也宏大了一些。

我们将奔到的那座城，在一种灰色的气候里，只能够辨别那不是旷野，也不是山岗，又不是海边，又不是树林……

车子越往前进，城座看来越退越远。脸孔上和手上，都有一种粘粘的感觉……再往前看，连道路也看不到尽头……

车夫收拾了酒坛，拾起了鞭子……这时候，牛角也模糊了去。

"你从出来就没回过家？家也不来信？"五云嫂的问话，车夫一定没有听到，他打着口哨，招呼着牛。后来他跳下车去，跟着牛在前面走着。

对面走过一辆空车，车辕上挂着红色的灯笼。

"大雾！"

"好大的雾！"车夫彼此招呼着。

"三月里大雾……不是兵灾，就是荒年……"

两个车子又过去了。

1936 年

王四的故事

　　红眼睛的、走路时总爱把下巴抬得很高的王四，只要人一走进院门来，那沿路的草茎或是孩子们丢下来的玩物，就塞满了他的两只手。有时他把拾到了的铜元塞到耳洞里：

　　"他妈的……是谁的呀？快来拿去！若不快些来，它就要钻到我的耳朵不出来啦……"他一面摇着那尖顶的草帽一边蹲下来。

　　孩子们抢着铜元的时候，撕痛了他的耳朵。

　　"啊哈！这些小东西们，他妈的，不拾起来，谁也不要，看成一块烂泥土，拾起来，就都来啦！你也要，他也要……好像一块金宝啦……"

　　他仍把下巴抬得很高，走进厨房去。他住在主人家里，十年或者也超出了。但在他的感觉上，他一走进这厨房就好像走进他自己的家里那么一种感觉，也好像这厨房在他管理之下不止十年或二十年，已经觉察不出这厨房是被他管理的意思，已经是他的所有了！这厨房，就好像从主人的手里割给了他似的。

　　……碗橱的二层格上扣着几只碗和几只盘子，三层格上就完

130

全是蓝花的大海碗了。至于最下一层，那些瓦盆，哪一个破了一个边，哪一个盆底出了一道纹，他都记得清清楚楚。

有时候吃完晚饭在他洗碗的时候，他就把灯灭掉，他说是可以省下一些灯油。别人若问他：

"不能把家具碰碎啦？"

他就说：

"也不就是一个碗橱吗？好大一件事情……碗橱里哪个角落爬着个蟑螂，伸手就摸到……那是有方向的，有尺寸的……耳朵一听吗，就知道多远了。"

他的生活就和溪水上的波浪一样：安然，平静，有规律。主人好像在几年前已经不叫他"王四"了，叫他"四先生"。从这以后，他就把自己看成和主人家的人差不多了。

但，在吃饭的时候，总是最末他一个人吃；支取工钱的时候，总是必须拿着手折。有一次他对少主人说：

"我看手折……也用不着了吧！这些年……还用画什么押？都是一家人一样，谁还信不着谁……"

他的提议并没有被人接受。再支工钱时，仍是拿着手折。

"唉……这东西，放放倒不占地方，就是……哼……就是这东西不同别的，是银钱上的……挂心是真的。"

他展开了行李，他看看四面有没有人，他的样子简直像在偷东西。

"哼！好啦。"他自己说，一面用手压住褥子的一角，虽然手折还没有完全放好，但他的习惯是这样。到夜深，再取出来，把它换个地方，常常是塞在枕头里边。十几年，他都是这样保护着他的手折。手折也换过了两三个，因为都是画满了押，盖满了图章。

另外一次，他又去支取工钱，少主人说：

"王老四……真是上了年纪……眼睛也花了，你看，你把这押画在什么地方去了呢？画到线外去啦！画到上次支钱的地方去啦……"

王四拿起手折来，一看到那已经歪到一边去的押号，他就哈哈地张着嘴："他妈……"他刚想要说，可是想到这是和少主人说话，于是停住了。他站在少主人的一边，想了一些时候，把视线经过了鼻子之后，四面扫了一下，难以确定他是在看什么："'王老四'……不是多少年就'四先生'了吗？怎么又'王老四'……不是多少年就'四先生'了吗？怎么又'王老四'呢？"

他走进厨房去，坐在长桌的一头，一面喝着烧酒，一面想着："这可不对……"他随手把青辣椒在酱碗里触了触："他妈的……"好像他骂着的时候顺便就把辣椒吃下去了。

多吃了几盅烧酒的缘故，他觉得碗橱也好像换了地方，米缸……水桶……甚至连房梁上终年挂着的那块腊肉也像变小一些。他说："不好……少主人也怕变了心肠……今年一定有变。"于是又看了看手折：

"若把手折丢了，我看事情可就不好办！没有支过来的……那些前几年就没有支清的工钱就要……我看就要算不清。"这次，他没有把手折塞进枕头去，就放在腰带上的荷包里去了。

王四好像真的老了，院子里的细草，他不看见；下雨时，就在院心孩子们的车子他也不管了。夜里很早他就睡下，早晨又起得很晚。牵牛花的影子，被太阳一个一个的印在纸窗上。他想得远，他想到了十多年在山上伐木头的时候……他就像又看到那白杨倒下来一样……哗哗的……也好像听到了锯齿的声音。他又想到在渔船上当水手的时候：那桅杆……那桅杆上挂着的大鱼……真是银鱼一样，"他妈的……"他伸手去摸，只是手背在眼前划了一下，什么也没摸到。他又接着想：十五岁离开家的那年……在半路上遇到了野狗的那回事……他摸一摸小腿："他妈的，这疤……"他确实的感觉到手下的疤了。

他常常检点着自己的东西，应该不要的，就把它丢掉……破毯子和一双破毡鞋，他向换破东西的人换了几块糖球来分给孩子们吃了。

他在扫院子时候，遇到了棍棒之类，他就拿在手里试一试结实不结实……有时他竟把棍子扛在肩上，试一试挑着行李可够长短？若遇到绳子之类，也总把它挂在腰带上。

他一看那厨房里的东西，总不像原来的位置，他就不愿意再看下去似的。所以闲下来他就坐在井台旁边去，一边结起那些拾得的绳头，就一边计算着手折上面的还存着的工钱的数目。

秋天的晚上，他听到天空的一阵阵的乌鸦的叫声，他想："鸟也是飞来飞去的……人也总是要移动的……"于是他的下巴抬得很高，视线经过了鼻子之后，看到墙角上去了，正好他的眼睛看到墙角上挂的一张香烟牌子的大画，他把它取下来，压在行李的下面。

王四的眼睛更红了，抬起来的下巴，比从前抬得更高了一些。后来他就总是想着："到渔船上去还是到山上去？到山上去，怕是老伙伴还有呢？渔船，一时恐怕找不到熟人，可不知道人家要不要……张帆……要快……"他站在席子上面，作着张帆的样子，全身痉挛一般的振摇着：

"还行吗？"他自己问着自己。

河上涨水的那天，王四好像又感觉自己是变成和主人家的人一样了。

他扛着主人家的包袱，扛着主人家的孩子，把他们送到高岗上去。

"老四先生……真是个力气人……"他恍恍惚惚的听着人们说的就是他，后来他留一留意，那是真的……不只是"四先生"还说"老四先生"呢！他想："这是多么被人尊敬啊！"于是他更快地跑着，直到那水涨得比腰还深的时候，他还是在水里面走着。一个下午他也没有停下来。主人们说：

"四先生，那些零碎东西不必着急去拿它；要拿，明天慢慢地拿……"

他说：

"那怎么行！一夜不是让人偷光了吗？"他又不停地来回地跑着。

他的手折，不知在什么时候离开了他的荷包，沉到水底去了。

他发现了自己的空荷包，他就想："这算完了。"他就把头顶也淹在水里，那手折是红色的，可是他总也看不到那红色的东西。

他说："这算完了。"他站起来，向着高岗走过来。水湿的衣服冰凉地粘住了皮肤。他抖擞着，他感到了异样的寒冷，他看不清那站在高岗上屋前的人们。只听到从那些人们传来的笑声：

"王四摸鱼回来啦。"

"王四摸鱼回来啦。"

1936 年　东京

逃　难

这火车可怎能上去？要带东西是不可能。就单说人吧，也得从下边用人抬。

何南生在抗战之前做小学教员，他从南京逃难到陕西，遇到一个朋友是做中学校长的，于是他就做了中学教员。做中学教员这回事先不提。就单说何南生这面貌，一看上去真使你替他发愁。两个眼睛非常光亮而又时时在留神，凡是别人要看的东西，他却躲避着，而别人不要看的东西，他却偷看着。他还没开口说话，他的嘴先向四边咧着，几乎把嘴咧成一个火柴盒形，那样子使人疑心他吃了黄连。除了这之外，他的脸上还有点特别的地方。就是下眼睑之下那两块豆腐块样突起的方形筋肉，无管他在说话的时候，在笑的时候，在发愁的时候，那两块筋肉永久不会运动，就连他最好的好朋友，不用说，就连他的太太吧！也从没有看到他那两块砖块头似的筋肉运动过。

"这是干什么……这些人。我说，中国人若有出息真他妈的……"

何南生一向反对中国人，就好像他自己不是中国人似的。抗战之前反对得更厉害，抗战之后稍稍好了一点，不过有时候仍旧来了他的老毛病。

什么是他的老毛病呢？就是他本身将要发生点困难的事情，也许这事情不一定发生。只要他一想到关于他本身的一点不痛快的事，他就对全世界怀着不满。好比他的袜子晚上脱的时候掉在地板上，差一点没给耗子咬了一个洞，又好比临走下讲台的当儿，一脚踏在一只粉笔头上，粉笔头一滚，好险没有跌了一交。总之，危险的事情若没有发生就过去了，他就越感到那危险得了不得，所以他的嘴上除掉常常说中国人怎样怎样之外，还有一句常说的就是："到那时候可怎么办哪……"

他一回头，又看到了那塞满着人的好像鸭笼似的火车。

"到那时候可怎么办哪？"现在他所说的到那时候可怎么办，是指着到他们逃难的时候可怎么办。

何南生和他的太太送走了一个同事，还没有离开站台，他就开始不满意。他的眼睛离开那火车第一眼看到他的太太，就觉得自己的太太胖得像笨猪，这在逃难的时候多麻烦。

"看吧，到那时候可怎么办！"他心里想着："再胖点就是一辆火车都要装不下啦！"可是他并没有说。

他又想到，还有两个孩子，还有一只柳条箱，一只猪皮箱，一个网篮。三床被子也得都带着……网篮里边还能装着两个白铁锅。到哪里还不是得烧饭呢！逃难，逃到哪里还不是得先吃饭呢！不用说逃难，就说抗战吧，我看天天说抗战的逃起难来比谁都来得快，而且带着孩子老婆锅碗瓢盆一大堆。

在路上他走在他太太的前边。因为他心里一烦乱，就什么也不愿意看。他的脖子向前探着，两个肩头低落下来，两只胳臂就像用稻草做的似的，一路上连手指尖都没有弹一下。若不是看到他的两只脚还在一前一后地移动着，真要相信他是画匠铺里的纸彩人了。

这几天来何南生就替他们的家庭忧着心，而忧心得最厉害的就是从他送走那个同事，那快要压瘫人的火车的印象总不能去掉。可是也难说，就是不逃难，不抗战，什么事也没有的时候，他也总是胆颤心惊的。这一抗战，他就觉得个人的幸福算完全不用希望了，他就开始做着倒霉的准备。倒霉也要准备的吗？读者们可不要稀奇，现在何南生就要做给我们看了：一九三八年三月十五日，何南生从床上起来了，第一眼他看到的，就是墙上他已准备好的日历。

"对的，是今天，今天是十五……"

一夜他没有好好睡，凡是他能够想起的，他就一件一件的无管大事小事都把它想一遍，一直听到了潼关的炮声。

敌人占了风陵渡和我们隔河炮战已经好几天了，这炮声夜里就停息，天一亮就开始。本来这炮声也没有什么可怕的。何南生也不怕，虽然他教书的那个学校离潼关几十里路，照理应该害怕，可是因为他的东西都通通整理好了，就要走了，还管他炮战不炮战呢！

他第二眼看到的就是他太太给他摆在枕头旁边的一双新袜子。

"这是干什么？还是逃难哪……不是上任去呀……你知道现在袜子多少钱一双……"他喊着他的太太："快把旧袜子给我拿来！把这新袜子给我放起来。"

他把脚尖伸进拖鞋里去，没有看见破袜子破到什么程度，那露在后边的脚跟，他太太一看到就咧起嘴来。

"你笑什么，你笑！这有什么好笑的……还不快给孩子穿衣裳。天不早啦……上火车比登天还难，那天你还没看见。袜子破有什么好笑的，你没看到前线上的士兵呢！都光着脚。"这样说，好像他看见了，其实他也没有看见。

十一点钟还有他的一点钟历史课，他没有去上，两点钟他要上车站。

他吃午饭的时候，一会看看钟，一会揩揩汗。心里一着急，所以他就出汗。学生问他几点钟开车，他就说："六点一班车，八点还有一班车。我是预备六点的，现在的事难说，要早去，何况我是带着他们……"他所说的"他们"，是指的孩子、老婆和箱子。

因为他是学生们组织的抗战救国团的指导，临走之前还得给学生们讲几句话。他讲的什么，他没有准备，他一开头就说，他说他三五天就回来，其实他是一去就不回来的，最后的一句说的是最后的胜利是我们的……其余的他说，他与陕西共存亡，他绝不逃难。

何南生的一家，在五点二十分钟的时候，算是全来到了车站：太太、孩子——一个男孩、一个女孩、一个柳条箱、一个猪皮箱、一只网篮，三个行李包。为什么行李包这样多呢？因为他把雨伞、字纸篓、旧报纸都用一条被子裹着，算作一件行李；又把抗战救国团所发的棉制服，还有一双破棉鞋，又用一条被子包着，这又是一个行李；那第三个行李，一条被子，那里边包的东西可非常多：电灯泡、粉笔箱、羊毛刷子、扫床的扫帚、破揩布两三块、洋蜡头一大堆、算盘子一个、细铁丝两丈多，还有一团白线，还有肥皂盒盖一个，剩下又都是旧报纸。

只旧报纸他就带了五十多斤，他说：到哪里还不得烧饭呢？还不得吃呢？而点火还有比报纸再好的吗？这逃难的时候，能俭省就俭省，肚子不饿就行了。

除掉这三个行李，网篮也最丰富：白铁锅、黑瓦罐、空饼干盒子、挂西装的弓形的木架、洗衣裳时挂衣裳的绳子，还有一个掉了半个边的陕西土产的痰盂、还有一张小油布，是他那个两岁的女孩夜里铺在床上怕尿了褥子用的，还有两个破洗脸盆。一个洗脸的一个洗脚的。还有油乌的筷子笼一个，切菜刀一把，筷子一大堆，吃饭的饭碗三十多个，切菜墩和饭碗是一个朋友走留给他的。他说：逃难的时候，东西只有越逃越少，是不会越逃越多的。若可能就多带些个，没有错，丢了这个还有那个，就是扔也能够多扔几天呀！还有好几条破裤子都在网篮的底上，这个他也有准备。

他太太在装网篮的时候问他："这破裤子要它做什么呢？"

他说："你看你，万事没有打算，若有到难民所去的那一天，这个不都是好的吗？"

所以何南生这一家人，在他领导之下，五点二十分钟才全体到了车站，差一点没有赶上火车——火车六点开。

何南生一边流着汗珠，一边觉得这回可万事齐全了。他的心上有八分乐，他再也想不起什么要拿而没有拿的。因为他已经跑回去三次。第一次取了一个花瓶，第二次又在灯头上拧下一个灯伞来，第三次他又取了忘记在灶台上的半盒刀牌烟。

火车站离他家很近，他回头看看那前些日子还是白的，为着怕飞机昨天才染成灰色的小房。他点起一只烟来，在站台上来回地喷着，反正就等火车来，就等这一下了。

"到那时候可怎么办哪！"照理他正该说这一句话的时候。站台上不知堆了多少箱子、包裹，还有那么一大批流着血的伤兵，还有那么一大堆吵叫着的难民。这都是要上六点钟开往西安的火车。但何南生的习惯不是这样，凡事一开头，他最害怕。总之一开头他就绝望，等到事情真来了，或是越来越近了，或是就在眼前，一到这时候，你看他就安闲得多。

火车就要来了，站台上的大钟已经五点四十一分。

他又把他所有的东西看了一遍，一共是大小六件，外加热水瓶一个。

"实在没有什么东西忘记了吧！你再好好想想！"他问他的太太说。

他的女孩跌了一交，正在哭着，他太太就用手给那孩子抹鼻涕："哟！我的小手帕忘下了呀！今天早晨洗的，就挂在绳子上。我想着想着。说可别忘了，可是到底忘了，我觉得还有点什么东西，有点什么东西，可就想不起来。”

何南生早就离开太太往回跑了。

"怎么能够丢呢？你知道现在的手帕多少钱一条？"他就用那手帕揩着脸上的汗，"这逃难的时候，我没说过吗！东西少了可得节约，添不起。"

他刚喘上一口气来，他用手一摸口袋，早晨那双没有舍得穿的新袜子又没有了。

"这是丢在什么地方啦？他妈的……火车就要到啦……三四毛钱，又算白扔啦！"

火车误了点，六点五分钟还没到，他就趁这机会又跑回去一趟。袜子果然找到了，托在他的掌心上，他正在研究着袜子上的花纺纹。他听他的太太说"你的眼镜呀……"

可不是，他一摸眼镜又没有了。本来他也不近视，也许为了好看，他戴眼镜。

他正想回去找眼镜，这时候，火车到了。

他提起箱子来，向车门奔去。他挤了半天没有挤进去。他看别人都比他来的快，也许别人的东西轻些。自己不是最先奔到车门口的吗？怎么不上去，却让别人上去了呢？大概过了十分钟，他的箱子和他仍旧站在车厢外边。

"中国人真他妈的……真是天生中国人。"他的帽子被挤下去时，他这样骂着。

火车开出去好远了，何南生的全家仍旧完完全全地留在站台上。

"他妈的，中国人要逃不要命，还抗战呢！不如说逃战吧！"他说完了"逃战"，还四边看一看，这车站上是否有自己的学生或熟人。他一看没有，于是又抖着他那被撕裂的长衫："这还行，这还没有见个敌人的影，就吓没魂啦！要挤死啦！好像屁股后边有大炮轰着。"

八点钟的那次开往西安的列车进站了，何南生又率领着他的全家向车厢冲去。女人叫着，孩子哭着，箱子和网篮又挤得吱咯的乱响。何南生恍恍惚惚地觉得自己是跌倒了，等他站起来，他的鼻子早就流了不少的血，血染着长衫的前胸。他太太报告说，他们只有一只猪皮箱子在人们的头顶上被挤进了车厢去。

"那里装的都是什么东西？"他着急，所以连那猪皮箱子装的什么东西都弄不清了。

"你还不知道吗？不都是你的衣裳？你的西装……"

他一听这个还了得！他就向着他太太所指的那个车厢寻去。火车就开了。起初开得很慢，他还跟着跑，他还招呼着，而后只得安然地退下来。

他的全家仍旧留在站台上，和别的那些没有上得车的人们留在一起。只是他的猪皮箱子自己跑上火车去走了。

"走不了，走不了，谁让你带这些破东西呢？我看……"太太说。

"不带，不带，什么也不带……到那时候可怎么办哪！"

"让你带吧！我看你现在还带什么！"

猪皮箱不跟着主人而自己跑了。饱满的网篮在枕木旁边裂着

143

肚子，小白铁锅瘪得非常可怜。若不是它的主人，就不能认识它了。而那个黑瓦罐竟碎成一片一片的。三个行李只剩下一个完整的，他们的两个孩子正坐在那上面休息。其余的一个行李不见了。另一个被撕裂了。那些旧报纸在站台上飞，柳条箱也不见了，记不清是别人给拿去了，还是他们自己抬上车去了。

等到第三次开往西安的火车，何南生的全家总算全上去了。到了西安一下火车，先到他们的朋友家。

"你们来了呵！都很好！车上没有挤着？"

"没有，没有，就是丢点东西……还好，还好，人总算平安。"何南生的下眼睑之下的那两块不会运动的筋肉，仍旧没有运动。

"到那时候……"他又想要说到那时候可怎么办。没有说，他想算了吧！抗战胜利之前，什么能是自己的呢？抗战胜利之后什么不都有了吗？

何南生平静的把那一路上抱来的热水瓶放在了桌子上。

呼兰河传（节选）

第一章

一

严冬一封锁了大地的时候，则大地满地裂着口。从南到北，从东到西，几尺长的，一丈长的，还有好几丈长的，它们毫无方向的，便随时随地，只要严冬一到，大地就裂开口了。

严寒把大地冻裂了。

年老的人，一进屋用扫帚扫着胡子上的冰溜，一面说：

"今天好冷啊！地冻裂了。"

赶车的车夫，顶着三星，绕着大鞭子走了六七十里，天刚一蒙亮，进了大店，第一句话就向客栈掌柜的说：

"好厉害的天啊！小刀子一样。"

等进了栈房，摘下狗皮帽子来，抽一袋烟之后，伸手去拿热馒头的时候，那伸出来的手在手背上有无数的裂口。

人的手被冻裂了。

卖豆腐的人清早起来，沿着人家去叫卖，偶一不慎，就把盛豆腐的方木盘贴在地上拿不起来了，被冻在地上了。

卖馒头的老头，背着木箱子，里边装着热馒头，太阳一出来，就在街上叫唤。他刚一从家里出来的时候，他走的快，他喊的声音也大。可是过不了一会，他的脚上挂了掌子了，在脚心上好像踏着一个鸡蛋似的，圆滚滚的。原来冰雪封满了他的脚底了。使他走起来十分的不得力，若不是十分的加着小心，他就要跌倒了。就是这样，也还是跌倒的。跌倒了是不很好的，把馒头箱子跌翻了，馒头从箱底一个一个的跑了出来。旁边若有人看见，趁着这机会，趁着老头子倒下一时还爬不起来的时候，就拾了几个一边吃着就走了。等老头子挣扎起来，连馒头带冰雪一起拣到箱子去，一数，不对数。他明白了。他向着那走不太远的吃他馒头的人说：

"好冷的天，地皮冻裂了，吞了我的馒头了。"

行路人听了这话都笑了。他背起箱子来再往前走，那脚下的冰溜，似乎是越结越高，使他越走越困难，于是背上出了汗，眼睛上了霜，胡子上的冰溜越挂越多，而且因为呼吸的关系，把破皮帽子的帽耳朵和帽前遮都挂了霜了。这老头越走越慢，担心受怕，颤颤惊惊，好像初次穿上滑冰鞋，被朋友推上了溜冰场似的。

小狗冻得夜夜的叫唤，哽哽的，好像它的脚爪被火烧着一样。

天再冷下去：

水缸被冻裂了；

井被冻住了；

大风雪的夜里，竟会把人家的房子封住，睡了一夜，早晨起来，一推门，竟推不开门了。

大地一到了这严寒的季节，一切都变了样，天空是灰色的，好像刮了大风之后，呈着一种混沌沌的气象，而且整天飞着清雪。人们走起路来是快的，嘴里边的呼吸，一遇到了严寒好像冒着烟似的。七匹马拉着一辆大车，在旷野上成串的一辆挨着一辆的跑，打着灯笼，甩着大鞭子，天空挂着三星。跑了二里路之后，马就冒汗了。再跑下去，这一批人马在冰天雪地里边竟热气腾腾的了。一直到太阳出来，进了栈房，那些马才停止了出汗。但是一停止了出汗，马毛立刻就上了霜。

人和马吃饱了之后，他们再跑。这寒带的地方，人家很少，不像南方，走了一村，不远又来了一村，过了一镇，不远又来了一镇。这里是什么也看不见，远望出去是一片白。从这一村到那一村，根本是看不见的。只有凭了认路的人的记忆才知道是走向了什么方向。拉着粮食的七匹马的大车，是到他们附近的城里去。载来大豆的卖了大豆，载来高粱的卖了高粱。等回去的时候，他们带了油、盐和布匹。

呼兰河就是这样的小城，这小城并不怎样繁华，只有两条大街，一条从南到北，一条从东到西，而最有名的算是十字街了。十字街口集中了全城的精华。十字街上有金银首饰店、布庄、油盐、茶庄、药店，也有拔牙的洋医生。那医生的门前，挂着很大的招牌，那招牌上画着特别大的有量米的斗那么大的一排牙齿。这广告在这小城里边无乃太不相当，使人们看了不知道那是什么东西。因为油店、布店和盐店，他们都没有什么广告，也不过是盐店门前写个"盐"字，布店门前挂了两张怕是自古亦有之的两张布幌子。其余的如药店的招牌也不过是把那戴着花镜的伸出手去在小枕头上号着妇女们的脉管的医生的名字挂在门外就是了。比方那医生的名字叫李永春，那药店也就叫"李永春"。人们凭着记忆，那怕就是李永春摘掉了他的招牌，人们也都知李永春是在那里。不但城里的人这样，就是从乡下来的人也多半都把这城里的街道，和街道上尽是些什么都记熟了。用不着什么广告，用不着什么招引的方式，要买的比如油盐、布匹之类，自己走进去就会买。不需要的，你就是挂了多大的牌子人们也是不去买。那牙医生就是一个例子，那从乡下来的人们看了这么大的牙齿，真是觉得希奇古怪，所以那大牌子前边，停了许多人在看，看也看不出是什么道理来。假若他是正在牙痛，他也绝对的不去让那用洋法子的医生给他拔掉，也还是走到李永春药店去，买二两黄连，回家去含着算了吧！因为那牌子上的牙齿太大了，有点莫名其妙，怪害怕的。

所以那牙医生，挂了两三年招牌，到那里去拔牙的却是寥寥无几。

后来那女医生没有办法，大概是生活没法维持，她兼做了收生婆。

城里除了十字街之外，还有两条街，一个叫做东二道街，一个叫做西二道街。这两条街是从南到北的，大概有五六里长。这两条街上没有什么好记载的，有几座庙，有几家烧饼铺，有几家粮栈。

东二道街上有一家火磨，那火磨的院子很大，用红色的好砖砌起来的大烟筒是非常高的，听说那火磨里边进去不得，那里边的消信可多了，是碰不得的。一碰就会把人用火烧死，不然为什么叫火磨呢？就是因为有火，听说那里面不用马，或是毛驴拉磨，用的是火。一般人以为尽是用火，岂不把火磨烧着了吗？想来想去，想不明白，越想也就越糊涂。偏偏那火磨又是不准参观的。听说门口站着守卫。

东二道街上还有两家学堂，一个在南头，一个在北头。都是在庙里边，一个在龙王庙里，一个在祖师庙里。两个都是小学。

龙王庙里的那个学的是养蚕，叫做农业学校。祖师庙里的那个，是个普通的小学，还有高级班，所以又叫做高等小学。

这两个学校，名目上虽然不同，实际上是没有什么分别的。也不过那叫做农业学校的，到了秋天把蚕用油炒起来，教员们大吃几顿就是了。

那叫做高等小学的，没有蚕吃，那里边的学生的确比农业学校的学生长的高，农业学生开头是念"人、手、足、刀、尺"，顶大的也不过十六七岁。那高等小学的学生却不同了，吹着洋号，竟有二十四岁的，在乡下私学馆里已经教了四五年的书了，现在才来上高等小学。也有在粮栈里当了二年的管帐先生的现在也来上学了。

这小学的学生写起家信来，竟有写到："小秃子闹眼睛好了没有？"小秃子就是他的八岁的长公子的小名。次公子，女公子还都没有写上，若都写上怕是把信写得太长了。因为他已经子女成群，已经是一家之主了，写起信来总是多谈一些个家政，姓王的地户的地租送来没有？大豆卖了没有？行情如何之类。

这样的学生，在课堂里边也是极有地位的，教师也得尊敬他，一不留心，他这样的学生就站起来了，手里拿着《康熙字典》，常常把先生会指问住的。万里乾坤的"乾"和乾菜的"乾"，据这学生说是不同的。乾菜的"乾"应该这样写："乹"，而不是那样写："乾"。

西二道街上不但没有火磨，学堂也就只有一个。是个清真学校，设在城隍庙里边。

其余的也和东二道街一样，灰秃秃的，若有车马走过，则烟尘滚滚，下了雨满地是泥。而且东二道街上有大泥坑一个，五六尺深。不下雨那泥浆好像粥一样，下了雨，这泥坑就便成河了，附近的人家，就要吃它的苦头，冲了人家里满满了是泥，等坑水一落了去，天一晴了，被太阳一晒出来很多蚊子飞到附近的人家去。同时那泥坑也就越晒越纯净，好像在提炼什么似的，好像要从那泥坑里边提炼出点什么来似的。若是一个月以上不下雨，那大泥坑的质度更纯了，水分完全被蒸发走了，那里边的泥，又黏又黑，比粥锅激糊，比浆糊还黏。好像炼胶的大锅似的，黑糊糊的，油亮亮的，那怕苍蝇蚊子从那里一飞也要黏住的。

小燕子是很喜欢水的，有时误飞到这泥坑上来，用翅子点着水，看起来很危险，差一点没有被泥坑陷害了它，差一点没有被粘住，赶快的头也不回的飞跑了。

若是一匹马，那就不然了，非粘住不可。而不仅仅是粘住，而是把它陷进去，马在那里边滚着，挣扎着，挣扎了一会，没有了力气那马就躺下了，一躺下那就很危险，很有致命的可能。但是这种时候不很多，很少有人牵着马或是拉着车子来冒这种险。

这大泥坑出乱子的时候，多半是在旱年，若两三个月不下雨这泥坑子才到了真正危险的时候。在表面上看来，似乎是越下雨越坏，一下了雨好像小河似的了，该多么危险，有一丈来深，人掉下去也要没顶的。其实不然，呼兰河这城里的人没有这么傻，他们都晓得这个坑是很厉害的，没有一个人敢有这样大的胆子牵着马从这泥坑上过。

可是若三个月不下雨，这泥坑子就一天一天的干下去，到后来也不过是二三尺深，有些勇敢者就试探着冒险的赶着车从上边过去了，还有些次勇敢者，看着别人过去，也就跟着过去了。一来二去的，这坑子的两岸，就压成车轮经过的车辙了。那再后来者，一看，前边已经有人走在先了，这懦怯者比之勇敢的人更勇敢，赶着车子走上去了。

谁知这泥坑子的底是高低不平的，人家过去了，可是他却翻了车了。

车夫从泥坑爬出来，弄得和个小鬼似的，满脸泥污，而后再从泥中往外挖掘他的马，不料那马已经倒在泥污之中了，这时候有些过路的人，也就走上前来，帮忙施救。

这过路的人分成两种，一种是穿着长袍短褂的，非常清洁。看那样子也伸不出手来，因为他的手也是很洁净的。不用说那就是绅士一流的人物了，他们是站在一旁参观的。

看那马要站起来了，他们就喝彩，"噢！噢！"的喊叫着，看那马又站不起来，又倒下去了，这时他们又是喝彩，"噢噢"的又叫了几声。不过这喝的是倒彩。

就这样的马要站起来，而又站不起来的闹了一阵之后，仍是没有站起来，仍是照原样可怜的躺在那里。这时候，那些看热闹的觉得也不过如此，也没有什么新花样了。于是星散开去，各自回家去了。

现在再来说那马还是在那里躺着，那些帮忙救马的过路人，都是些普通的老百姓，是这城里的担葱的、卖菜的、瓦匠、车夫之流。他们卷卷裤脚，脱了鞋子，看看没有什么办法，走下泥坑去，想用几个人的力量把那马抬起来。

结果抬不起来了，那马的呼吸不大多了。于是人们着了慌，赶快解了马套。从车子把马解下来，以为这回那马毫无担负的就可以站起来了。

不料那马还是站不起来。马的脑袋露在泥浆的外边，两个耳朵哆嗦着，眼睛闭着，鼻子往外喷着秃秃的气。

看了这样可怜的景象，附近的人们跑回家去，取了绳索，拿了绞锥。用绳子把马捆了起来，用绞锥从下边掘着。人们喊着号令，好像造房子或是架桥梁似的，把马抬出来了。

马是没有死，躺在道旁。人们给马浇了一些水，还给马洗了一个脸。

看热闹的也有来的，也有去的。

第二天大家都说：

"那大水泡子又淹死了一匹马。"

虽然马没有死，一哄起来就说马死了。若不这样说，觉得那大泥坑也太没有什么威严了。

在这大泥坑上翻车的事情不知有多少。一年除了被冬天冻住的季节之外，其余的时间，这大泥坑子像它被赋给生命了似的，它是活的。水涨了，水落了，过些日子大了，过些日子又小了。大家对它都起着无限的关切。

水大的时候，不但阻碍了车马，且也阻碍了行人。老头走在泥坑子的沿上，两条腿打颤，小孩走在泥坑子的沿上吓得狼哭鬼叫。

一下起雨来这大泥坑子白亮亮的涨得溜溜的满，涨到两边的人家的墙根上去了，把人家的墙根给淹没了。来往过路的人，一走到这里，就像在人生的路上碰到了打击。是要奋斗的，卷起袖子来，咬紧了牙根，全身的精力集中起来，手抓着人家的板墙，心脏扑通扑通的跳，头不要晕，眼睛不要花，要沉着迎战。

偏偏那人家的板墙造得又非常的平滑整齐，好像有意在危难的时候不帮人家的忙似的，使那行路人无管怎样巧妙的伸出手来，也得不到那板墙的怜悯，东抓抓不着什么，西摸也摸不到什么，平滑得连一个疤拉节子也没有，这可不知道是什么山上长的木头，长得这样完好无缺。

挣扎了五六分钟之后，总算是过去了。弄得满头流汗，满身发烧，那都不说。再说那后来的人，依法炮制，那花样也不多，也只是东抓抓，西摸摸。弄了五六分钟之后，又过去了。

一过去了可就精神饱满，哈哈大笑着，回头向那后来的人，向那正在艰苦阶段上奋斗着的人说：

"这算什么，一辈子不走几回险路那不算英雄。"

可也不然，也不一定都是精神饱满的，而大半是被吓得脸色发白。有的虽然已经过去了，还是不能够很快的抬起腿来走路，因为那腿还在打颤。

这一类胆小的人，虽然是险路已经过去了，但是心里边无由的生起来一种感伤的情绪，心里颤抖抖的，好像被这大泥坑子所感动了似的，总要回过头来望一望，打量一会，似乎要有些话说。终于也没有说什么，还是走了。

有一天，下大雨的时候，一个小孩掉下去，让一个卖豆腐的救了上来。

救上来一看，那孩子是农业学校校长的儿子。

于是议论纷纷了，有的说是因为农业学堂设在庙里边，冲了龙王爷了，龙王爷要降大雨淹死这孩子。

有的说不然，完全不是这样，都是因为这孩子的父亲的关系，他父亲在讲堂上指手画脚的讲，讲给学生们说，说这天下雨不是在天的龙王爷下的雨，他说没有龙王爷。你看这不把龙王爷活活的气死，他这口气那能不出呢？所以就抓住了他的儿子来实行因果报应了。

有的说，那学堂里的学生也太不像样了，有的爬上了老龙王的头顶，给老龙王去戴了一个草帽。这是什么年头，一个毛孩子就敢惹这么大的祸，老龙王怎么会不报应呢？看着吧，这还不能算了事，你想龙王爷并不是白人呵！你若惹了他，他可能够饶了你？那不像对付一个拉车的、卖菜的，随便地踢他们一脚就让他们去。那是龙王爷呀！龙王爷还是惹得的吗？

有的说，那学堂的学生都太不像样了，他说他亲眼看见过，学生们拿了蚕放在大殿上老龙王的手上。你想老龙王那能够受得了。

有的说，现在的学堂太不好了，有孩子是千万上不得学堂的。一上了学堂就天地人鬼神不分了。

有的说他要到学堂把他的儿子领回来，不让他念书了。

有的说孩子在学堂里念书，是越念越坏，比方吓掉了魂，他娘给他叫魂的时候，你听他说什么？他说这叫迷信。你说再念下去那还了得吗？

说来说去，越说越远了。

过了几天，大泥坑子又落下去了，泥坑两岸的行人通行无阻。

再过些日子不下雨，泥坑子就又有点像要干了。这时候，又有车马开始在上面走，又有车子翻在上面，又有马倒在泥中打滚，又是绳索棍棒之类的，往外抬马，被抬出去的赶着车子走了。后来的，陷进去，再抬。

一年之中抬车抬马，在这泥坑子上不知抬了多少次，可没有一个人说把泥坑子用土填起来不就好了吗？没有一个。

有一次一个老绅士在泥坑涨水时掉在里边了。一爬出来，他就说：

"这街道太窄了，去了这水泡子连走路的地方都没有了。这两

155

边的院子，怎么不把院墙拆了让出一块来？"

他正说着，板墙里边，就是那院中的老太太搭了言。她说院墙是拆不得的，她说最好种树，若是沿着墙根种上一排树，下起雨来人就可以攀着树过去了。

说拆墙的有，说种树的有，若说用土把泥坑来填平的，一个人也没有。

这泥坑子里边淹死过小猪，用泥浆闷死过狗，闷死过猫，鸡和鸭也常常死在这泥坑里边。

原因是这泥坑上边结了一层硬壳，动物们不认识那硬壳下面就是陷阱，等晓得了可也就晚了。它们跑着或是飞着，等往那硬壳上一落可就再也站不起来了。白天还好，或者有人又要来施救。夜晚可就没有办法了。它们自己挣扎，挣扎到没有力量的时候很自然的沉下去了，其实也或者越挣扎越沉下去的快。有时至死也还不沉下去的事也有。若是那泥浆的密度过高的时候，就有这样的事。

比方肉上市。忽然卖便宜猪肉了，于是大家就想起那泥坑子来了，说：

"可不是那泥坑子里边又淹死了猪了？"

说着若是腿快的，就赶快跑到邻人的家去，告诉邻居：

"快去买便宜肉吧，快去吧，快去吧，一会没有了。"

等买回家来才细看一番，似乎有点不大对，怎么这肉又紫又青的！可不要是瘟猪肉。

但是又一想，那能是瘟猪肉呢，一定是那泥坑子淹死的。

于是煎，炒，蒸，煮，家家都吃起便宜猪肉来。虽然吃起来了，但就总觉得不大香，怕还是瘟猪肉。

可是又一想，瘟猪肉怎么可以吃得，那么还是泥坑子淹死的吧！

本来这泥坑子一年只淹死一两口猪，或两三口猪，有几年还连一个猪也没有淹死。至于居民们常吃淹死的猪肉，这可不知是怎么一回事，真是龙王爷晓得。

虽然吃的自己说是泥坑子淹死的猪肉，但也有吃病了的，那吃病了的就大发议论说：

"就是淹死的猪肉也不应该抬到市上去卖，死猪肉终究是不新鲜的，税局子是干什么的，让大街上，在光天化日之下就卖起死猪肉来？"

那也是吃了死猪肉的，但是尚且没有病的人说：

"话可也不能是那么说，一定是你疑心，你三心二意的吃下去还会好。你看我们也一样是吃了，可怎么没病？"

间或也有小孩子太不知时务，他说他妈不让他吃，说那是瘟猪肉。

这样的孩子，大家都不喜欢。大家都用眼睛瞪着他，说他：

"瞎说，瞎说。"

有一次一个孩子说那猪肉一定是瘟猪肉，并且是当着母亲的面向邻人说的。

邻人听了倒并没有坚决的表示什么，可是他的母亲的脸立刻就红了。伸出手去就打了那孩子。

那孩子很固执，仍是说：

"是瘟猪肉吗！是瘟猪肉吗！"

母亲实在难为情起来，就拾起门旁的烧火的叉子，向着那孩子的肩膀就打了过去。

于是孩子一边哭着一边跑回家里去了。

一进门，炕沿上坐着外祖母，那孩子一边哭着一边扑到外祖母的怀里说：

"姥姥，你吃的不是瘟猪肉吗？我妈打我。"

外祖母对这打得可怜的孩子本想安慰一番，但是一抬头看见了同院的老李家的奶妈站在门口往里看。

于是外祖母就掀起孩子后衣襟来，用力的在孩子的屁股上腔腔的打起来，嘴里还说着：

"谁让你这么一点你就胡说八道！"

一直打到李家的奶妈抱着孩子走了才算完事。

那孩子哭得一塌糊涂，什么"瘟猪肉"不"瘟猪肉"的，哭得也说不清了。

总共这泥坑子施给当地居民的福利有两条：

第一条：常常抬车抬马，淹鸡，淹鸭，闹得非常热闹，可使居民说长道短，得以消遣。

第二条就是这猪肉的问题了，若没有这泥坑子，可怎么吃瘟猪肉呢？吃是可以吃的，但是可怎么说法呢？真正说是吃的瘟猪肉，岂不太不讲卫生了吗？有这泥坑子可就好办，可以使瘟猪变成淹猪，居民们买起肉来，第一经济，第二也不算什么不卫生。

二

东二道街除了大泥坑子这番盛举之外，再就没有什么了。也不过是几家碾磨房，几家豆腐店，也有一两家机房，也许有一两家染布匹的染缸房，这个也不过是自己默默的在那里做着自己的工作，没有什么可以使别人开心的，也不能招来什么议论。那里边的人都是天黑了就睡觉，天亮了就起来工作。一年四季，春暖花开，秋雨，冬雪，也不过是随着季节穿起棉衣来，脱下单衣去的过着。生老病死也都是一声不响的默默的办理。

比方就是东二道街南头，那卖豆芽菜的王寡妇吧：她在房脊上插了一个很高的杆子，杆子头上挑着一个破筐。因为那杆子很高，差不多和龙王庙的铁马铃子一般高了。来了风，庙上的铃子格仍格仍的响。王寡妇的破筐子虽是它不会响，但是它也会东摇西摆的作着态。

就这样一年一年的过去，王寡妇一年一年的卖着豆芽菜，平静无事，过着安详的日子。忽然有一年夏天，她的独子到河里边去洗澡，掉河淹了。

这事情似乎轰动了一时，家传户晓，可是不久也就平静下去了。不但邻人，街坊，就是她的亲戚朋友也都把这回事情忘记了。

再说那王寡妇，虽然她从此以后就疯了，但她到底还晓得卖豆芽菜，她仍还静静的活着，虽然偶尔她的疯性发了，在大街上或是在庙台上狂哭一场，但一哭过了之后，她还是平平静静的活着。

至于邻人街坊们，或是过路的人看见了她在庙台上哭，也会引起一点恻隐之心来的，不过为时甚短罢了。

还有人们常常喜欢把一些不幸者归划在一起，比如疯子傻子之类，都一律去看待。

那个乡，那个县，那个村都有些个不幸者，瘸子啦，瞎子啦，疯子或是傻子。

呼兰河这城里，就有许多这一类的人。人们关于他们都似乎听得多，看得多，也就不以为奇了。偶尔在庙台上或是大门洞里不幸遇到了一个，刚想多少加一点恻隐之心在那人身上，但是一转念，人间这样的人多着哩！于是转过眼睛去，三步两步的就走过去了。即或有人停下来，也不过是和那些毫没有记性的小孩子似的向那疯子投一个石子，或是做着把瞎子故意领到水沟里边去的事情。

一切不幸者，就都是叫化子，至少在呼兰河这城里边是这样。

人们对待叫化子们是很平凡的。

门前聚了一群狗在咬，主人问：

"咬什么？"

仆人答：

"咬一个讨饭的。"

说完了也就完了。

可见这讨饭人的活着是一钱不值了。

卖豆芽菜的女疯子，虽然她疯了还忘不了自己的悲哀，隔三差五的还到庙台上去哭一场，但是一哭完了，仍是得回家去吃饭，睡觉，卖豆芽菜。

她仍是平平静静的活着。

三

再说那染缸房里边，也发生过不幸。两个年青的学徒，为了争一个街头上的妇人，其中的一个把另一个按进染缸子给淹死了。死了的不说，就说那活着的也下了监狱，判了个无期徒刑。

但这也是不声不响的把事就解决了，过了三年二载，若有人提起那件事来，差不多就像人们讲着岳飞、秦桧似的，久远得不知多少年前的事情似的。

同时发生这件事情的染缸房，仍旧是在原址，甚或连那淹死人的大缸也许至今还在那儿使用着。从那染缸房发卖出来的布匹，仍旧是远近的乡镇都流通着。蓝色的布匹男人们做起棉布棉袄来，冬天穿它来抵御严寒。红色的布匹，则做成大红袍子，给十八九岁的姑娘穿上，让她去做新娘子。

总之，除了染缸房子在某年某月某日死了一个人外，其余的世界，并没有因此而改动了一点。

再说那豆腐房里边也发生过不幸：两个伙计打仗，竟把拉磨的小驴的腿打断了。

因为它是驴子，不谈它也就罢了。只因为这驴子哭瞎了一个妇人的眼睛（即打了驴子那人的母亲），所以不能不记上。

再说那造纸的纸房里边，把一个私生子活活饿死了。因为他是一个初生的孩子，算不了什么。也就不说他了。

四

其余的东二道街上，还有几家扎彩铺。这是为死人而预备的。

人死了，魂灵就要到地狱里边去，地狱里边怕是他没有房子住，没有衣裳穿，没有马骑。活着的人就为他做了这么一套，用火烧了，据说是到阴间就样样都有了。

大至喷钱兽，聚宝盆，大金山，大银山，小至丫环使女，厨房里的厨子，喂猪的猪倌，再小至花盆，茶壶茶杯，鸡鸭鹅犬，以至窗前的鹦鹉。

看起来真是万分的好看，大院子也有院墙，墙头上是金色的琉璃瓦。一进了院，正房五间，厢房三间，一律是青红砖瓦房，窗明几净，空气特别新鲜。花盆一盆一盆的摆在花架子上，石柱子，金百合，马蛇菜，九月菊都一齐的开了。看起使人不知道是什么季节，是夏天还是秋天，居然那马蛇菜也和菊花同时站在一起。也许阴间是不分什么春夏秋冬的。这且不说。

再说那厨房里的厨子，真是活神活现，比真的厨子真是干净到一千倍，头戴白帽子，身扎白围裙，手里边在做拉面条。似乎午饭的时候就要到了，煮了面就要开饭了似的。

院子里的牵马童，站在一匹大白马的旁边，那马好像是阿拉伯马，特别高大，英姿挺立，假若有人骑上，看样子一定比火车跑得更快。就是呼兰河这城里的将军，相信他也没有骑过这样的马。

小车子，大骡子，都排在一边。骡子是油黑的，闪亮的，用鸡蛋壳做的眼睛，所以眼珠是不会转的。

大骡子旁边还站着一匹小骡子，那小骡子也特别好看，眼珠是和大骡子一般的大。

小车子装潢得特别漂亮，车轮子都是银色的，车前边的帘子是半卷半掩的，使人得以看到里边去。车里边是红堂堂的铺着大红的褥子。赶车的坐在车沿上，满脸是笑，得意洋洋，装饰得特别漂亮，扎着紫色的腰带，穿着蓝色花丝葛的大袍，黑缎鞋，雪白的鞋底。大概穿起这鞋来还没有走路就赶过车来了。他头上戴着黑帽头，红帽顶，把脸扬着，他蔑视着一切，越看他越不像一个车夫，好像一位新郎。

公鸡三两只，母鸡七八只，都是在院子里边静静的啄食，一声不响。鸭子也并不呱呱的乱叫，叫得烦人。狗蹲在上房的门旁，非常的守职，一动不动。

看热闹的人，人人说好，个个称赞。穷人们看了这个竟觉得活着还没有死了好。

正房里，窗帘，被格，桌椅板凳，一切齐全。

还有一个管家的，手里拿着一个算盘在打着。旁边还摆着一个帐本，上边写着：

北烧锅欠酒二十二斤

东乡老王家昨借米二十担

白旗屯泥人子昨送地租四百卅吊

白旗屯二傻子共欠地租两千吊

这以下写了个：

四月廿八日

以上的是四月廿七日的流水帐，大概廿八日的还没有写呢！

看这帐目也就知道阴间欠了帐也是马虎不得的，也设了专门人才，即管帐先生一流的人物来管。同时也可以看出来，这大宅子的主人不用说就是个地主了。

这院子里边，一切齐全，一切都好，就是看不见这院子的主人在什么地方，未免的使人疑心这么好的院子而没有主人了。这一点似乎使人感到空虚，无着无落的。

再一回头看，就觉得这院子终归是有点两样，怎么丫环使女，车夫，马童的胸前都挂着一张纸条，那纸条上写着他们每个人的名字：

那漂亮得和新郎似的车夫的名字叫：

"长鞭"

马童的名字叫：

"快腿"

左手拿着水烟袋，右手抡着花手巾的小丫环叫：

"德顺"

另外一个叫：

"顺手"

管帐的先生叫：

"妙算"

提着喷壶在浇花的使女叫：

"花姐"

再一细看才知道那匹大白马也是有名字的，那名字是贴在马屁股上的，叫：

"千里驹"

其余的，如骡子，狗，鸡，鸭之类没有名字。

那在厨房里拉着面条的"老王"，他身上写着他名字的纸条，来风一吹，还忽咧忽咧的跳着。

这可真有点奇怪，自家的仆人，自己都不认识了，还要挂上个名签。

这一点未免的使人迷离恍惚，似乎阴间究竟没有阳间好。

虽然这么说，羡慕这座宅子的人还是不知多少。因为的确这座宅子是好，清悠，闲静，鸦雀无声，一切规整，绝不紊乱。丫环，使女，照着阳间的一样，鸡犬猪马，也都和阳间一样，阳间有什么，到了阴间也有，阳间吃面条，到了阴间也吃面条，阳间有车子坐，到了阴间也一样的有车子坐，阴间是完全和阳间一样，一模一样的。

只不过没有东二道街上那大泥坑子就是了。是凡好的一律都有，坏的不必有。

五

东二道街上的扎彩铺，就扎的是这一些。一摆起来又威风，又好看，但那作坊里边是乱七八糟的，满地碎纸，秫杆棍子一大堆，破盒子，乱罐子，颜料瓶子，浆糊盆，细麻绳，粗麻绳……走起路来，会使人跌倒。那里边砍的砍，绑的绑，苍蝇也来回的飞着。

要做人，先做一个脸孔，糊好了，挂在墙上，男的女的，到用的时候，摘下一个来就用。给一个用秫杆捆好的人架子，穿上衣服，装上一个头就像人了。把一个瘦骨伶仃的用纸糊好的马架子，上边贴上用纸剪成的白毛，那就是一匹很漂亮的马了。

做这样的活计的，也不过是几个极粗糙极丑陋的人，他们虽懂得怎样打扮一个马童或是打扮一个车夫，怎样打扮一个妇人女子。但他们对他们自己是毫不加修饰的，长头发的，毛头发的，歪嘴的，歪眼的，赤足裸膝的，似乎使人不能相信，这么漂亮煊眼耀目，好像要活了的人似的，是出于他们之手。

他们吃的是粗菜，粗饭，穿的是破乱的衣服，睡觉则睡在车马、人、头之中。

他们这种生活，似乎也很苦的。但是一天一天的，也就糊里糊涂的过去了，也就随着春夏秋冬，脱下单衣去，穿起棉衣来的过去了。

生，老，病，死，都没有什么表示。生了就任其自然的长去，长大就长大，长不大也就算了。

老，老了也没有什么关系。眼花了，就不看；耳聋了，就不听；牙掉了，就整吞；走不动了，就瘫着。这有什么办法，谁老谁活该。

病，人吃五谷杂粮，谁不生病呢？

死，这回可是悲哀的事情了。父亲死了，儿子哭。儿子死了母亲哭。哥哥死了一家全哭。嫂子死了，她的娘家人来哭。

哭了一朝或是三日，就总得到城外去，挖一个坑把这人埋起来。

埋了之后，那活着的仍旧得回家照旧的过着日子，该吃饭，吃饭。该睡觉，睡觉。外人绝对看不出来是他家已经没有了父亲或是失掉了哥哥，就连他们自己也不是关起门来，每天哭上一场。他们心中的悲哀，也不过是随着当地的风俗的大流逢年过节的到坟上去观望一回。二月过清明，家家户户都提着香火去上坟茔，有的坟头上塌了一块土，有的坟头上陷了几个洞，相观之下，感慨唏嘘，烧香点酒。若有近亲的人如子女父母这类，往往且哭上一场；那哭的语句，数数落落，无异是在做一篇文章或者是在诵一篇长诗。歌诵完了之后，站起来拍拍屁股上的土，也就随着上坟的人们回城的大流，回城去了。

回到城中的家里，又得照旧的过着日子，一年柴米油盐，浆洗缝补。从早晨到晚上忙了个不休。夜里疲乏之极，躺在炕上就睡了。在夜梦中并梦不到什么悲哀的或是欣喜的景况，只不过咬着牙，打着哼，一夜一夜的就都这样的过去了。

假若有人问他们，人生是为了什么？他们并不会茫然无所对答的，他们会直截了当的不假思索的说了出来："人活着是为吃饭穿衣。"

再问他，人死了呢？他们会说："人死了就完了。"

所以没有人看见过做扎彩匠的活着的时候为他自己糊一座阴宅，大概他不怎么相信阴间。假如有了阴间，到那时候他再开扎彩铺，怕又要租人家的房子了。

六

呼兰河城里，除了东二道街，西二道街，十字街之外，再就都是些个小胡同了。

小胡同里边更没有什么了，就连打烧饼麻花的店铺也不大有，就连卖红绿糖球的小床子，也都是摆在街口上去，很少有摆在小胡同里边的。那些住在小街上的人家，一天到晚看不见多少闲散杂人。耳听的眼看的，都比较的少，所以整天寂寂寞寞的，关起门来在过着生活。破草房有上半间，买上二斗豆子，煮一点盐豆下饭吃，就是一年。

在小街上住着，又冷清，又寂寞。

一个提篮子卖烧饼的，从胡同的东头喊，胡同的西头都听到了。虽然不买，若走谁的门口，谁家的人都是把头探出来看看，间或有问一问价钱的，问一问糖麻花和油麻花现在是不是还卖着前些日子的价钱。

间或有人走过去掀开了筐子上盖着的那张布，好像要买似的，拿起一个来摸一摸是否还是热的。

摸完了也就放下了，卖麻花的也绝对的不生气。

于是又提到第二家的门口去。

第二家的老太婆也是在闲着，于是就又伸出手来，打开筐子，摸了一回。

摸完了也是没有买。

等到了第三家，这第三家可要买了。

一个三十多岁的女人，刚刚睡午觉起来，她的头顶上梳着一个卷，大概头发不怎样整齐，发卷上罩着一个用大黑珠线织的网子，网子上还插了不少的疙疸针。可是因为这一睡觉，不但头发乱了，就是那些疙疸针也都跳出来了，好像这女人的发卷上被射了不少的小箭头。

她一开门就很爽快，把门扇刮打的往两边一分，她就从门里闪出来了。随后就跟出来五个孩子。这五个孩子也都个个爽快。像一个小连队似的，一排就排好了。

第一个是女孩子，十二三岁。伸出手来就拿了一个五吊钱一只的一竹筷子长的大麻花。她的眼光很迅速，这麻花在这筐子里的确是最大的，而且就只有这一个。

第二个是男孩子，拿了一个两吊钱一只的。

第三个也是拿了个两吊钱一只的。也是个男孩子。

第四个看了看，没有办法，也只得拿了一个两吊钱的。也是个男孩子。

轮到第五个了，这个可分不出来是男孩子，还是女孩子。头是秃的，一只耳朵上挂着钳子，瘦得好像个干柳条，肚子可特别大。看样子也不过五岁。

一伸手，他的手就比其余的四个的都黑得更厉害，其余的四个，虽然他们的手也黑得够厉害的，但总还认得出来那是手，而不是别的什么，唯有他的手是连认也认不出来了，说是手呢！说是什么呢，说什么都行。完全起着黑的灰的，深的浅的，各种的云层。看上去，好像看隔山照似的，有无穷的趣味。

他就用这手在筐子里边挑选，几乎是每个都让他摸过了，不一会工夫，全个的筐子都让他翻遍了。本来这筐子虽大，麻花也并没有几只，除了一个顶大的之外，其余小的也不过十来只，经了他这一翻，可就完全遍了。弄了他满手是油，把那小黑手染得油亮油亮的，黑亮黑亮的。

而后他说：

"我要大的。"

于是就在门口打了起来。

他跑得非常之快，他去追着他的姐姐。他的第二个哥哥，他的第三个哥哥，也都跑了上去，都比他跑得更快。再说他的大姐，那个拿着大麻花的女孩，她跑得更快到不能想象了。已经找到一块墙的缺口的地方，跳了出去，后边的也就跟着一溜烟的跳过去。等他们刚一追着跳过去，那大孩子又跳回来了。在院子里跑成了一阵旋风。

那个最小的，不知是男孩子还是女孩子的，早已追不上了。落在后边，在号啕大哭。间或也想拣一点便宜，那就是当他的两个哥哥，把他的姐姐已经扭住的时候，他就趁机会想要从中抢他姐姐手里的麻花。可是几次都没有做到，于是又落在后边号啕大哭。

他们的母亲，虽然是很有威风的样子，但是不动手是招呼不住他们的。母亲看了这样子也还没有个完了，就进屋去，拿起烧火的铁叉子来，向着她的孩子就奔去了。不料院子里有一个小泥坑，是猪在里打腻的地方。她恰好就跌在泥坑那儿了，把叉子跌出去五尺多远。

于是这场戏才算达到了高潮，看热闹的人没有不笑的，没有不称心愉快的。

就连那卖麻花的人也看出神了，当那女人坐到泥坑中把泥花四边溅起来的时候，那卖麻花的差一点没把筐子掉了地下。他高兴极了，他早已经忘了他手里的筐子了。

至于那几个孩子，则早就不见了。

等母亲起来去把他们追回来的时候，那做母亲的这回可发了威风，让他们一个一个的向着太阳跪下，在院子里排起一小队来，把麻花一律的解除。

顶大的孩子的麻花没有多少了，完全被撞碎了。

第三个孩子的已经吃完了。

第二个的还剩了一点点。

只有第四个的还拿在手上没有动。

第五个，不用说，根本没有拿在手里。

闹到结果，卖麻花的和那女人吵了一阵之后提着筐子又到另一家去叫卖去了。他和那女人所吵的是关于那第四个孩子手上拿了半天的麻花又退回了的问题，卖麻花的坚持着不让退，那女人又非退回不可。结果是付了三个麻花的钱，就把那提篮子的人赶了出来了。

为着麻花而下跪的五个孩子不提了。再说那一进胡同口就被挨家摸索过来的麻花，被提到另外的胡同里去，到底也卖掉了。

一个已经脱完了牙齿的老太太买了其中的一个，用纸裹着拿到屋子去了。她一边走着一边说：

"这麻花真干净，油亮亮的。"

而后招呼了她的小孩子，快来吧。

那卖麻花的人看了老太太很喜欢这麻花，于是就又说：

"是刚出锅的，还热忽着哩！"

七

过去了卖麻花的，后半天，也许又来了卖凉粉的，也是一在胡同口的这头喊，那头就听到了。

要买的拿着小瓦盆出去了。不买的坐在屋子一听这卖凉粉的一招呼，就知道是应烧晚饭的时候了。因为这凉粉一个整个的夏天都是在太阳偏西，他就来的，来得那么准，就像时钟一样，到了四五点钟他必来的。就像他卖凉粉专门到这一条胡同来卖似的。

似乎在别的胡同里就没有为着多卖几家而耽误了这一定的时间。

卖凉粉的一过去了。一天也就快黑了。

打着搏楞鼓的货郎，一到太阳偏西，就再不进到小巷子里来，就连僻静的街他也不去了，他担着担子从大街口走回家去。

卖瓦盆的，也早都收市了。

拣绳头的，换破乱的也都回家去了。

只有卖豆腐的则又出来了。

晚饭时节，吃了小葱蘸大酱就已经很可口了，若外加上一块豆腐，那真是锦上添花，一定要多浪费两碗苞米大云豆粥的。一吃就吃多了，那是很自然的，豆腐加上点辣椒油，再拌上点大酱，那是多么可口的东西。用筷子触了一点点豆腐，就能够吃下去半碗饭，再到豆腐上去触了一下，一碗饭就完了。因为豆腐而多吃两碗饭，并不算多吃得多，没有吃过的人，不能够晓得其中的滋味的。

所以卖豆腐的人一来了，男女老幼，全都欢迎。打开门来，笑盈盈的，虽然不说什么，但是彼此有一种融洽的感情，默默生了起来。

似乎卖豆腐的在说：

"我的豆腐真好！"

似乎买豆腐的回答：

"你的豆腐果然不错。"

买不起豆腐的人对那卖豆腐的，就非常的羡慕，一听了那从街口越招呼越近的声音，就特别的感到诱惑，假若能吃一块豆腐可不错，切上一点青辣椒，拌上一点小葱子。

但是天天这样想，天天就没有买成，卖豆腐的一来，就把这等人白白的引诱一场。于是那被诱惑的人，仍然逗不起决心，就多吃几口辣椒，辣得满头是汗。他想假若一个人开了一个豆腐房可不错，那就可以自由随便的吃豆腐了。

果然，他的儿子长到五岁的时候，问他：

"你长大了干什么？"

五岁的孩子说：

"开豆腐房。"

这显然要继承他父亲未遂的志愿。

关于豆腐这美妙的一盘菜的爱好，竟有还甚于此的，竟有想要倾家荡产的。传说上，有这样的一个家长，他下了决心，他说：

"不过了，买一块豆腐吃去！"这"不过了"的三个字，用旧的语言来翻译，就是毁家纾难的意思，用现代的话来说，就是："我破产了！"

八

卖豆腐的一收了市，一天的事情都完了。

家家户户都把晚饭吃过了。吃过了晚饭，看晚霞的看晚霞，不看晚霞的躺到炕上去睡觉的也有。

这地方的晚霞是很好看的，有一个土名，叫火烧云。说"晚霞"人们不懂，若一说"火烧云"就连三岁的孩子也会呀呀的往西天空里指给你看。

晚饭一过，火烧云就上来了。照得小孩子的脸是红的。把大白狗变成红色的狗了。红色鸡就变成金的了。黑母鸡变成紫檀色的了。喂猪的老头子，往墙根上靠，他笑盈盈的看着他的两匹小白猪，变成小金猪了，他刚想说：

"他妈的，你们也变了……"

他的旁边走来了一个乘凉的人，那人说：

"你老人家必高寿，你老是金胡子了。"

天空的云，从西边一直烧到东边，红堂堂的，好像是天着了火。

这地方的火烧云变化极多，一会红堂堂的了，一会金洞洞的了，一会半紫半黄的，一会半灰半百合色。葡萄灰，大黄梨，紫茄子，这些颜色天空上边都有。还有些说也说不出来的，见也未曾见过的，诸多种的颜色。

五秒钟之内，天空里有一匹马，马头向南，马尾向西，那马是跪着的，像是在等着有人骑到它的背上，它才站起来。再过一秒钟，没有什么变化。再过两三秒钟，那匹马加大了，马腿也伸开了，马脖子也长了，但是一条马尾巴却不见了。

看的人，正在寻找马尾巴的时候，那马就变靡了。

忽然又来了一条大狗，这条狗十分凶猛，它在前边跑着，它的后面似乎还跟了好几条小狗仔。跑着跑着，小狗就不知跑到哪里去了，大狗也不见了。

又找到了一个大狮子，和娘娘庙门前的大石头狮子一模一样的，也是那么大，也是那样的蹲着，很威武的，很镇静的蹲着，它表示着蔑视一切的样子，似乎眼睛连什么也不瞅，看着看着的，一不谨慎，同时又看到了别一个什么。这时候，可就麻烦了，人的眼睛不能同时又看东，又看西。这样子会活活把那个大狮子糟蹋了。一转眼，一低头，那天空的东西就变了。若是再找，怕是看瞎了眼睛也找不到了。

大狮子既然找不到，另外的那什么，比方就是一个猴子吧，猴子虽不如大狮子，可同时也没有了。

一时恍恍惚惚的，满天空里又像这个，又像那个，其实是什么也不像，什么也没有了。

必须是低下头去，把眼睛揉一揉，或者是沉静一会再来看。

可是天空偏偏又不常常等待着那些爱好它的孩子。一会工夫火烧云下去了。

于是孩子们困倦了，回屋去睡觉了。竟有还没能来得及进屋的，就靠在姐姐的腿上，或者是依在祖母的怀里就睡着了。

祖母的手里，拿着白马鬃的蝇甩子，就用蝇甩子给他驱逐着蚊虫。

祖母还不知道这孩子是已经睡了，还以为他在那里玩着呢！

"下去玩一会去吧！把奶奶的腿压麻了。"

用手一推，这孩子已经睡得摇摇晃晃的了。

这时候，火烧云已经完全下去了。

于是家家户户都进屋去睡觉，关起窗门来。

呼兰河这地方，就是在六月里也是不十分热的，夜里总要盖着薄棉被睡觉。

等黄昏之后的乌鸦飞过时，只能够隔着窗子听到那很少的尚未睡的孩子在嚷叫：

"乌鸦乌鸦你打场，

给你二斗粮……"

那漫天盖地的一群黑乌鸦，啊啊的大叫着在整个的县城的头顶上飞过去了。

据说飞过了呼兰河的南岸，就在一个大树林子里边住下了。明天早晨起来再飞。

夏秋之间每夜要过乌鸦，究竟这些成百成千的乌鸦过到那里去，孩子们是不大晓得的，大人们也不大讲给他们听。

只晓得念这套歌，"乌鸦乌鸦你打场，给你二斗粮。"

究竟给乌鸦二斗粮做什么，似乎不大有道理。

九

乌鸦一飞过，这一天才真正的过去了。

因为大卯星升起来了，大卯星好像铜球似的亮咚咚的了。

天河和月亮也都上来了。

蝙蝠也飞起来了。

是凡跟着太阳一起来的，现在都回去了。人睡了，猪、马、牛、羊也都睡了，燕子和蝴蝶也都不飞了。就连房根底下的牵牛花，也一朵没有开的。含苞的含苞，卷缩的卷缩。含苞的准备着欢迎那早晨又要来的太阳，那卷缩的，因为它已经在昨天欢迎过了，它要落去了。

随着月亮上来的星夜，大卯星也不过是月亮的一个马前卒，让它先跑到一步就是了。

夜一来蛤蟆就叫，在河沟里叫，在洼地里叫。虫子也叫，在院心草棵子里，在城外的大田上，有的叫在人家的花盆里，有的叫在人家的坟头上。

夏夜若无风无雨就这样的过去了，一夜又一夜。

很快的夏天就过完了，秋天就来了。秋天和夏天的分别不太大，也不过天凉了，夜里非盖着被子睡觉不可。种田的人白天忙着收割，夜里多做几个割高粱的梦就是了。

女人一到了八月也不过就是浆衣裳，拆被子，捶棒硾，捶得街街巷巷早晚的叮叮当当的乱响。

"棒硾"一捶完，做起被子来，就是冬天。

冬天下雪了。

人们四季里，风、霜、雨、雪的过着，霜打了，雨淋了。大风来时是飞沙走石，似乎是很了不起的样子。冬天，大地被冻裂了，江河被冻住了。再冷起来，江河也被冻得腔腔的，响着裂开了纹。冬天，冻掉了人的耳朵，冻破了人的鼻子，冻裂了人的手和脚。

但这是大自然的威风，与小民们无关。

呼兰河的人们就是这样，冬天来了就穿棉衣裳，夏天来了就穿单衣裳。就好像太阳出来了就起来，太阳落了就睡觉似的。

被冬天冻裂了手指的，到了夏天也自然就好了。好不了的，"李永春"药铺，去买二两红花，泡一点红花酒来擦一擦，擦得手指通红也不见消，也许就越来越肿起来。那么再到"李永春"药铺去，这回可不买红花了，是买了一贴膏药来。回到家里，用火一烤，黏黏糊糊的就贴在冻疮上了。这膏药是真好，贴上了一点也不碍事。该赶车的去赶车，该切菜的去切菜。黏黏糊糊的是真好，见了水也不掉，该洗衣裳的去洗衣裳去好了。就是掉了，拿在火上再一烤，就还贴得上的。一贴，贴了半个月。

呼兰河这地方的人，什么都讲结实，耐用，这膏药这样的耐用，实在是合乎这地方的人情。虽然是贴了半个月，手也还没有见好，但这膏药总算是耐用，没有白花钱。

于是再买一贴去，贴来贴去，这手可就越肿越大了。还有些买不起膏药的，就拣人家贴乏了的来贴。

到后来，那结果，谁晓得是怎样呢，反正一塌糊涂去了吧。

春夏秋冬，一年四季来回循环的走，那是自古也就这样的了。风霜雨雪，受得住的就过去了，受不住的，就寻求着自然的结果。那自然的结果不大好，把一个人默默的一声不响的就拉着离开了这人间的世界了。

至于那还没有被拉去的，就风霜雨雪，仍旧在人间被吹打着。

第五章

一

我玩的时候，除了在后花园里，有祖父陪着，其余的玩法，就只有我自己了。

我自己在房檐下搭了个小布棚，玩着玩着就睡在那布棚里了。

我家的窗子是可以摘下来的，摘下来直立着是立不住的，就靠着墙斜立着，正好立出一个小斜坡来，我称这小斜坡叫"小屋"，我也常常睡到这小屋里边去了。

我家满院子是蒿草，蒿草上飞着许多蜻蜓，那蜻蜓是为着红蓼花而来的。可是我偏偏喜欢捉它，捉累了就躺在蒿草里边睡着了。

蒿草里边长着一丛一丛的天星星，好像山葡萄似的，是很好吃的。

我在蒿草里边搜索着吃，吃困了，就睡在天星星秧子的旁边了。

蒿草是很厚的，我躺在上边好像是我的褥子，蒿草是很高的，它给我遮着荫凉。

有一天，我就正在蒿草里边做着梦，那是下午晚饭之前，太阳偏西的时候。大概我睡得不太着实，我似乎是听到了什么地方有不少的人讲着话，说说笑笑，似乎是很热闹。但到底发生了什么事情，却听不清，只觉得在西南角上，或者是院里，或者是院外。到底是院里院外，那就不大清楚了。反正是有几个人在一起嚷嚷着。

我似睡非睡的听了一会就又听不见了。大概我已经睡着了。

等我睡醒了，回到屋里去，老厨子第一个就告诉我：

"老胡家的团圆媳妇来啦，你还不知道，快吃了饭去看吧！"

老厨子今天特别忙，手里端着一盘黄瓜菜往屋里走，因为跟我指手划脚的一讲话，差一点没把菜碟子掉在地上，只把黄瓜丝打翻了。

我一走进祖父的屋去，只有祖父一个人坐在饭桌前面，桌子上边的饭菜都摆好了，却没有人吃，母亲和父亲都没有来吃饭，有二伯也没有来吃饭。祖父一看见我，祖父就问我：

"那团圆媳妇好不好？"

大概祖父以为我是去看团圆媳妇回来的。我说我不知道，我在草棵里边吃天星星来的。

祖父说：

"你妈他们都去看团圆媳妇去了，就是那个跳大神的老胡家。"

祖父说着就招呼老厨子，让他把黄瓜菜快点拿来。

醋拌黄瓜丝，上边浇着辣椒油，红的红，绿的绿，一定是那老厨子又重切了一盘的，那盘我眼看着撒在地上了。

祖父一看黄瓜菜也来了，祖父说：

"快吃吧，吃了饭好看团圆媳妇去。"

老厨子站在旁边，用围裙在擦着他满脸的汗珠，他每一说话就乍巴眼睛，从嘴里往外喷着唾沫星。他说：

"那看团圆媳妇的人才多呢！粮米铺的二老婆，带着孩子也去了。后院的小麻子也去了，西院老杨家也来了不少的人，都是从墙头上跳过来的。"

他说他在井沿上打水看见的。

经他这一喧惑，我说：

"爷爷，我不吃饭了，我要看团圆媳妇去。"

祖父一定让我吃饭，他说吃了饭他带我去。我急的一顿饭也没有吃好。我从来没有看过团圆媳妇，我以为团圆媳妇不知道多么好看呢！越想越觉得一定是很好看的，越着急也越觉得非是特别好看不可。不然，为什么大家都去看呢。不然，为什么母亲也不回来吃饭呢。

越想越着急，一定是很好看的节目都看过。若现在就去，还多少看得见一点，若再去晚了，怕是就来不及了。我就催促着祖父。

"快吃，快吃，爷爷快吃吧。"

那老厨子还在旁边乱讲乱说，祖父间或问他一两句。

我看那老厨子打搅祖父吃饭，我就不让那老厨子说话。那老厨子不听，还是笑嬉嬉的说。我就下地把老厨子硬推出去了。

祖父还没有吃完，老周家的周三奶又来了，是她说她的公鸡总是往我这边跑，她是来捉公鸡的。公鸡已经捉到了，她还不走，她还扒着玻璃窗子跟祖父说话，她说：

"老胡家那小团圆媳妇过来，你老爷子还没去看看吗？那看的人才多呢，我还没去呢，吃了饭就去。"

祖父也说吃了饭就去，可是祖父的饭总也吃不完。一会要点辣椒油，一会要点咸盐面的。我看不但我着急，就是那老厨子也急得不得了了。头上直冒着汗，眼睛直眨巴。

祖父一放下饭碗，连点一袋烟我也不让他点，拉着他就往西南墙角那边走。

一边走，一边心里后悔，眼看着一些看热闹的人都回来了。为什么一定要等祖父呢？不会一个人早就跑着来吗？何况又觉得我躺在草棵子里就已经听见这边有了动静了。真是越想越后悔，这事情都闹了一个下半天了，一定是好看的都过去了，一定是来晚了。白来了，什么也看不见了，在草棵子听到了这边说笑，为什么不就立刻跑来看呢？越想越后悔。自己和自己生气，等到了老胡家的窗前，一听，果然连一点声音也没有了。差一点没有气哭了。

等真的进屋一看，全然不是那么一回事，母亲，周三奶奶，还有些个不认识的人，都在那里，与我想象的完全不一样，没有什么好看的，团圆媳妇在那儿？我也看不见，经人家指指点点的，我才看见了。不是什么媳妇，而是一个小姑娘。

我一看就没有兴趣了，拉着爷爷就向外边走，说：

"爷爷回家吧。"

等第二天早晨她出来倒洗脸水的时候，我看见她了。

她的头发又黑又长，梳着很大的辫子，普通姑娘们的辫子都是到腰间那么长，而她的辫子竟快到膝间了。她脸长得黑忽忽的，笑呵呵的。

院子里的人，看过老胡家的团圆媳妇之后，没有什么不满意的地方。不过都说太大方了，不像个团圆媳妇了。

周三奶奶说：

"见人一点也不知道羞。"

隔院的杨老太太说：

"那才不怕羞呢！头一天来到婆家，吃饭就吃三碗。"

周三奶奶又说：

"哟哟！我可没见过，别说还是一个团圆媳妇，就说一进门就姓了人家的姓，也得头两天看看人家的脸色。哟哟！那么大的姑娘。她今年十几岁啦？"

"听说十四岁么！"

"十四岁会长得那么高，一定是瞒岁数。"

"可别说呀！也有早长的。"

"可是他们家可怎么睡呢？"

"可不是，老少三辈，就三铺小炕……"

这是杨老太太扒在墙头上和周三奶奶讲的。

至于我家里，母亲也说那团圆媳妇不像个团圆媳妇。

老厨子说：

"没见过，大模大样的，两个眼睛骨碌骨碌的转。"

有二伯说：

"介（这）年头是啥年头呢，团圆媳妇也不像个团圆媳妇了。"

只是祖父什么也不说，我问祖父：

"那团圆媳妇好不好？"

祖父说：

"怪好的。"

于是我也觉得怪好的。

她天天牵马到井边上去饮水，我看见她好几回。中间没有什么人介绍，她看看我就笑了，我看看她也笑了。我问她十几岁？

她说：

"十二岁。"

我说不对。

"你十四岁的，人家都说你十四岁。"

她说：

"他们看我长得高，说十二岁怕人家笑话，让我说十四岁的。"

我不大知道，为什么长得高还让人家笑话，我问她：

"你到我们草棵子里去玩好吧！"

她说：

"我不去，他们不让。"

二

过了没有几天，那家就打起团圆媳妇来了，打得特别厉害，那叫声无管多远都可以听得见的。

这全院子都是没有小孩子的人家，从没有听到过谁家在哭叫。

邻居左右因此又都议论起来，说早就该打的，那有那样的团圆媳妇一点也不害羞，坐到那儿坐得笔直，走起路来，走得风快。

她的婆婆在井边上饮马，和周三奶奶说：

"给她一个下马威。你听着吧，我回去我还得打她呢，这小团圆媳妇才厉害呢！没见过，你拧她大腿，她咬你；再不然，她就说她回家。"

从此以后，我家的院子里，天天有哭声，哭声很大，一边哭，一边叫。

祖父到老胡家去说了几回，让他们不要打她了。说小孩子，知道什么，有点差错教调教调也就行了。

后来越打越厉害了，不分昼夜，我睡到半夜醒来和祖父念诗的时候，念着念着就听西南角上哭叫起来了。

我问祖父：

"是不是那小团圆媳妇哭？"

祖父怕我害怕，说：

"不是，是院外的人家。"

我问祖父：

"半夜哭什么？"

祖父说：

"别管那个，念诗吧。"

清早醒了，正在念"春眠不觉晓"的时候，那西南角上的哭声又来了。

一直哭了很久，到了冬天，这哭声才算没有了。

三

虽然不哭了，那西南角上又夜夜跳起大神来，打着鼓，叮当叮当的响。大神唱一句，二神唱一句，因为是夜里，听得特别清晰，一句半句的我都记住了。

什么"小灵花呀"，什么"胡家让她去出马"。

差不多每天大神都唱些个这个。

"小灵花呀，胡家让她去出马呀……"

而且叮叮当，叮叮当的，用声音模拟着打鼓。

"小灵花"就是小姑娘。"胡家"就是胡仙。"胡仙"就是狐狸精。"出马"就是当跳大神的。

大神差不多跳了一个冬天，把那小团圆媳妇就跳出毛病来了。

那小团圆媳妇，有点黄，没有夏天她刚一来的时候，那么黑了。不过还是笑呵呵的。

祖父带着我到那家去串门，那小团圆媳妇还过来给祖父装了一袋烟。

她看见我，也还偷着笑，大概她怕她婆婆看见，所以没和我说话。

她的辫子还是很大的。她的婆婆说她有病了，跳神给她赶鬼。

等祖父临出来的时候，她的婆婆跟出来了，小声跟祖父说：

"这团圆媳妇，怕是要不好，是个胡仙旁边的，胡仙要她去出马……"

祖父想想让他们搬家。但呼兰河这地方有个规矩，春天是二月搬家，秋天是八月搬家。一过了二八月就不是搬家的时候了。

我们每当半夜让跳大神惊醒的时候，祖父就说：

"明年二月就让他们搬了。"

我听祖父说了好几次这样的话。

当我模拟着大神喝喝呼呼的唱着"小灵花"的时候，祖父也说那同样的话，明年二月让他们搬家。

四

可是在这期间，院子的西南角上就越闹越厉害。请一个大神，请好几个二神，鼓声连天的响。

说那小团圆媳妇若再去让她出马，她的命就难保了。所以请了不少的二神来，设法从大神那里把她要回来。

（于是有许多人给他家出了主意，人那能够见死不救呢？于是凡有善心的人都帮起忙来。他说他有一个偏方，她说她有一个邪令。

（有的主张给她扎一个谷草人，到南大坑去烧了。

（有的主张到扎彩铺去扎一个纸人，叫做"替身"，把它烧了或者可以替了她。

（有的主张给她画上花脸，把大神请到家里，让那大神看了，嫌她太丑，也许就不捉她当弟子了，就可以不必出马了。

（周三奶奶则主张给她吃一个全毛的鸡，连毛带腿的吃下去，选一个星星出全的夜，吃了用被子把人蒙起来，让她出一身大汗。蒙到第二天早晨鸡叫，再把她从被子放出来。她吃了鸡，她又出了汗，她的魂灵里边因此就永远有一个鸡存在着，神鬼和胡仙黄仙就都不敢上她的身了。传说鬼是怕鸡的。

（据周三奶奶说，她的曾祖母就是被胡仙抓住过的，闹了整整三年，差一点没死，最后就是用这个方法治好的。因此一生不再闹别的病了。她半夜里正做一个噩梦，她正吓得要命，她魂灵里边的那个鸡，就帮了她的忙，只叫了一声，噩梦就醒了。她一辈子没生过病。说也奇怪，就是到死，也死得不凡，她死那年已经是八十二岁了。八十二岁还能够拿着花线绣花，正给她小孙子绣花兜肚嘴。绣着绣着，就有点困了，她坐在木樽上，背靠着门扇就打一个盹。这一打盹就死了。

（别人就问周三奶奶：

"你看见了吗？"

（她说：

"可不是……你听我说呀，死了三天三夜按都按不倒。后来没有办法，给她打着一口棺材也是坐着的，把她放在棺材里，那脸色是红扑扑的，还和活着的一样……"

（别人问她：

"你看见了吗？"

（她说：

"哟哟！你这问的可怪，传话传话，一辈子谁能看见多少，不都是传话传的吗！"

（她有点不大高兴了。

（再说西院的杨老太太，她也有个偏方，她说黄连二两，猪肉半斤，把黄连和猪肉都切碎了，用瓦片来焙，焙好了，压成面，用红纸包分成五包包起来。每次吃一包，专治惊风，掉魂。

（这个方法，倒也简单。虽然团圆媳妇害的病可不是惊风，掉魂，似乎有点药不对症。但也无妨试一试，好在只是二两黄连，半斤猪肉。何况呼兰河这个地方，又常有卖便宜猪肉的。虽说那猪肉怕是瘟猪，有点靠不住。但那是治病，也不是吃，又有什么关系。

"去，买上半斤来，给她治一治。"

（旁边有着赞成的说：

"反正治不好也治不坏。"

（她的婆婆也说：

"反正死马当活马治吧！"

（于是团圆媳妇先吃了半斤猪肉加二两黄连。

（这药是婆婆亲手给她焙的。可是切猪肉是他家的大孙子媳妇给切的。那猪肉虽然是连紫带青的，但中间毕竟有一块是很红的，大孙子媳妇就偷着把这块给留下来了，因为她想，奶奶婆婆不是四五个月没有买到一点荤腥吗？于是她就给奶奶婆婆偷着下了一碗面疙瘩汤吃了。

（奶奶婆婆问：

"可那儿来的肉？"

（大孙子媳妇说：

190

"你老人家吃就吃吧，反正是孙子媳妇给你做的。"

（那团圆媳妇的婆婆是在灶坑里边搭起瓦来给她焙药。一边焙着，一边说：

"这可是半斤猪肉，一边，一条不缺……"

（越焙，那猪肉的味越香，有一匹小猫嗅到了香味而来了，想要在那已经焙好了的肉干上攫一爪，它刚一伸爪，团圆媳妇的婆婆一边用手打着那猫，一边说：

"这也是你动得爪的吗！你这馋嘴巴，人家这是治病呵，是半斤猪肉，你也想要吃一口？你若吃了这口，人家的病可治不好了。一个人活活的要死在你身上，你这不知好歹的。这是整整半斤肉，不多不少。"

（药焙好了，压碎了就冲着水给团圆媳妇吃了。

（一天吃两包，才吃了一天，第二天早晨，药还没有再吃，还有三包压在灶王爷板上，那些传偏方的人就又来了。

（有的说，黄连可怎么能够吃得？黄连是大凉药，出虚汗像她这样的人，一吃黄连就要泄了元气，一个人要泄了元气那还得了吗？

（又一个人说：

"那可吃不得呀！吃了过不去两天就要一命归阴的。"

（团圆媳妇的婆婆说：

"那可怎么办呢？"

（那个人就慌忙的问：

"吃了没有呢？"

（团圆媳妇的婆婆刚一开口，就被他家的聪明的大孙子媳妇给遮过去了，说：

"没吃，没吃，还没吃。"

（那个人说："既然没吃就不要紧，真是你老胡家有天福，吉星高照，你家差点没有摊了人命。"

（于是他又给出了个偏方，这偏方，据他说已经不算是偏方了，就是东二道街上"李永春"药铺的先生也常常用这个方单，是一用就好的，百试，百灵。无管男、女、老、幼，一吃一个好。也无管什么病，头痛，脚痛，肚子痛，五脏六腑痛，跌、打、刀、伤，生疮，生疔，生疖子……

（无管什么病，药到病除。

（这究竟是什么药呢？人们越听这药的效力大，就越想知道究竟是怎样的一种药。

（他说：

"年老的人吃了，眼花缭乱，又恢复到了青春。"

"年青的人吃了，力气之大，可以搬动泰山。"

"妇女吃了，不用胭脂粉，就可以面如桃花。"

"小孩子吃了，八岁可以拉弓，九岁可以射箭，十二岁可以考状元。"

（开初，老胡家的全家，都为之惊动，到后来怎么越听越远了。本来老胡家一向是赶车拴马的人家，一向没有考过状元。

（大孙子媳妇，就让一些围观的闪开一点，她到梳头匣子里拿出一根画眉的柳条炭来。她说：

"快请把药方开给我们吧，好到药铺去赶早去抓药。"

（这个出药方的人，本是"李永春"药铺的厨子。三年前就离开了"李永春"那里了。三年前他和一个妇人吊膀子，那妇人背弃了他，还带走了他半生所积下的那点钱财。因此一气而成了个半疯。虽然是个半疯了，但他在"李永春"那里所记住的药名字还没有全然忘记。

（他是不会写字的，他就用嘴说：

"车前子二钱，当归二钱，生地二钱，藏红花二钱。川贝母二钱，白术二钱，远志二钱，紫河车二钱……"

（他说着说着似乎就想不起来了，急得头顶一冒汗，张口就说红糖二斤，就算完了。

（说完了，他就和人家讨酒喝。

"有酒没有，给两盅喝喝。"

（这半疯，全呼兰河的人都晓得，只有老胡家不知道。因为老胡家是外来户，所以受了他的骗了。家里没有酒，就给了他两吊钱的酒钱。那个药方是根本不能够用的，是他随意胡说了一阵的结果。）

团圆媳妇的病，一天比一天严重，据他家里的人说，夜里睡觉，她要忽然坐起来的。看了人她会害怕的。她的眼睛里边老是充满了眼泪。这团圆媳妇大概非出马不可了。若不让她出马，大概人要好不了的。

（这种传说，一传出来，东邻西邻的，又都去建了议，都说那能够见死不救呢？

（有的说，让她出马就算了。有的说，还是不出马的好。年轻轻的就出马，这一辈子可得什么才能够到个头。

（她的婆婆则是绝对不赞成出马的，她说：

"大家可不要错猜了，以为我订这媳妇的时候花了几个钱，我不让她出马，好像我舍不得这几个钱似的。我也是那么想，一个小小的人出了马，这一辈子可什么时候才到个头。"

（于是大家就都主张不出马的好，想偏方的，请大神的，各种人才齐聚。东说东的好，西说西的灵。于是来了一个"抽帖儿的"。

（他说他不远千里而来，他是从乡下赶到的。他听城里的老胡家有一个团圆媳妇新接来不久就病了。经过多少名医，经过多少仙家也治不好，他特地赶来看看，万一要用得着，救一个人命也是好的。

（这样一说，十分使人感激。于是让到屋里，坐在奶奶婆婆的炕沿上。给他倒一杯水，给他装一袋烟。

（大孙子媳妇先过来说：

"我家的弟妹，年本十二岁，因为她长得太高，就说她十四岁。又说又笑，百病皆无。自接到我们家里就一天一天的黄瘦。到近来就水不想喝，饭不想吃，睡觉的时候睁着眼睛，一惊一乍的。什么偏方都吃过了，什么香火也都烧过了。就是百般的不好……"

（大孙子媳妇还没有说完，大娘婆婆就接着说：

"她来到我家，我没给她气受，那家的团圆媳妇不受气，一天打八顿，骂三场。可是我也打过她，那是我要给她一个下马威。我只打了她一个多月，虽然说我打得狠了一点，可是不狠那能够规矩出一个好人来。我也是不愿意狠打她的，打得连喊带叫的，我是为她着想，不打得狠一点，她是不能够中用的。有几回，我是把她吊在大梁上，让她叔公公用皮鞭子狠狠的抽了她几回，打得是着点狠了，打昏过去了。可是只昏了一袋烟的工夫，就用冷水把她浇过来了。是打狠了一点，全身也都打青了，也还出了点血。可是立刻就打了鸡蛋青子给她擦上了。也没有肿得怎样高，也就是十天半月的就好了。这孩子，嘴也是特别硬，我一打她，她就说她要回家。我就问她：'那儿是你的家？这儿不就是你的家吗？'她可就偏不这样说。她说回她的家。我一听就更生气。人在气头上还管得了这个那个，因此我也用烧红过的烙铁烙过她的脚心。谁知道来，也许是我把她打掉了魂啦？也许是我把她吓掉了魂啦，她一说她要回家，我不用打她，我就说看你回家，我用索练子把你锁起来。她就吓得直叫。大仙家也看过了，说是她要出马。一个团圆媳妇的花费也不少呢，你看她八岁我订下她的，一订就是八两银子，年年又是头绳钱，鞋面钱的，到如今又用火车把她从辽阳接来，这一路的盘费。到了这儿，就是今天请神，明天看香火，后天吃偏方。若是越吃越好，那还罢了。可是百般的不见好，将来谁知道来……到结果……"

（不远千里而来的这位抽帖儿的，端庄严肃，风尘仆仆，穿的是蓝袍大衫，罩着棉袄。头上戴的是皮耳四喜帽。使人一见了就要尊之为师。

（所以奶奶婆婆也说：

"快给我二孙子媳妇抽一个帖吧，看看她命理如何。"

（那抽帖儿的一看，这家人家真是诚心诚意，于是他就把皮耳帽子从头上摘下来了。

（一摘下帽子来，别人都看得见，这人头顶上梳着发卷，戴着道帽。一看就知道他可不是市井上一般的平凡的人。别人正想要问，还不等开口，他就说他是某山上的道人，他下山来是为的奔向山东的泰山去，谁知路出波折，缺少盘程，就流落在这呼兰河的左右，已经不下半年之久了。

（人家问他，既是道人，为什么不穿道人的衣裳。他回答说：

"你们那里晓得，世间三百六十行，各有各的苦。这地方的警察特别厉害，他一看穿了道人的衣裳，他就说三问四，他们那些叛道的人，无理可讲，说抓就抓，说拿就拿。"

（他还有一个别号，叫云游真人，他说一提云游真人，远近皆知。无管什么病痛或是吉凶，若一抽了他的帖儿，则生死存亡就算定了。他说他的帖法，是张天师所传。

（他的帖儿并不多，只有四个，他从衣裳的口袋里一个一个的往外摸，摸出一帖来是用红纸包着，再一帖还是红纸包着，摸到第四帖也都是红纸包着。

（他说帖下也没有字，也没有影。里边只包着一包药面，一包红，一包绿，一包蓝，一包黄。抽着黄的就是黄金富贵，抽着红的就是红颜不老。抽到绿的就不大好了，绿色的是鬼火。抽到蓝的也不大好，蓝的就是铁脸蓝青，张天师说过，铁脸蓝青，不死也得见阎王。

（那抽帖的人念完了一套，就让病人的亲人伸出手来抽。

（团圆媳妇的婆婆想，这倒也简单，容易，她想赶快抽一帖出来看看，命定是死是活，多半也可以看出来个大概。不曾想，刚一伸出手去，那云游真人就说：

"每帖十吊钱，抽着蓝的，若嫌不好，还可以再抽，每帖十吊……"

（团圆媳妇的婆婆一听，这才恍然大悟，原来这可不是白抽的，十吊钱一张可不是玩的，一吊钱拣豆腐可以拣二十块。三天拣一块豆腐，二十块，二三得六，六十天都有豆腐吃。若是隔十天拣一块，一个月拣三块，那就半年都不缺豆腐吃了。她又想，三天一块豆腐，那有这么浪费的人家。依着她一个月拣一块大家尝尝也就是了，那么办，二十块豆腐，每月一块，可以吃二十个月，这二十个月，就是一年半还多两个月。

（若不是买豆腐，若养一口小肥猪，经心的喂着它，喂得胖胖的，喂到五六个月，那就是多少钱哪！喂到一年，那就是千八百吊了……

（再说就是不买猪，买鸡也好，十吊钱的鸡，就是十来个，一年的鸡，第二年就可以下蛋，一个蛋，多少钱！就说不卖鸡蛋，就说拿鸡蛋换青菜吧，一个鸡蛋换来的青菜，够老少三辈吃一天的了……何况鸡会生蛋，蛋还会生鸡，永远这样循环的生下去，岂不有无数的鸡，无数的蛋了吗？岂不发了财吗？

（但她可并不是这么想，她想够吃也就算了，够穿也就算了。

一辈子俭俭朴朴，多多少少积储了一点也就够了。她虽然是爱钱，若说让她发财，她可绝对的不敢。

（那是多么多呀！数也数不过来了。记也记不住了。假若是鸡生了蛋，蛋生了鸡，来回的不断的生，这将成个什么局面，鸡岂不和蚂蚁一样多了吗？看了就要眼花，眼花就要头痛。

（这团圆媳妇的婆婆，从前也养过鸡，就是养了十吊钱的。她也不多养，她也不少养。十吊钱的就是她最理想的。十吊钱买了十二个小鸡仔，她想：这就正好了，再多怕丢了，再少又不够十吊钱的。

（在她一买这刚出蛋壳的小鸡仔的时候，她就挨着个看，这样的不要那样的不要。黑爪的不要，花膀的不要，脑门上带点的又不要。她说她亲娘就是会看鸡，那真是养了一辈子鸡呀！年年养，可也不多养。可是一辈子针啦，线啦，没有缺过，一年到头靡花过钱，都是拿鸡蛋换的。人家那眼睛真是认货，什么样的鸡短命，什么样的鸡长寿，一看就跑不了她老人家的眼睛的。就说这样的鸡下蛋大，那样的鸡下蛋小，她都一看就在心里了。

（她一边买着鸡，她就一边怨恨着自己没有用，想当年为什么不跟母亲好好学学呢！唉！年青的人那里会虑后事。她一边买着，就一边感叹。她虽然对这小鸡仔的选择上边，也下了万分的心思，可以说是选无可选了。那卖鸡仔的人一共有二百多小鸡，她通通的选过了，但究竟她所选了的，是否都是顶优秀的，这一点，她自己也始终把握不定。

（她养鸡，是养得很经心的，怕猫吃了，怕耗子咬了。她一看那小鸡仔，白天一打盹，她就给驱着苍蝇，怕苍蝇把小鸡咬醒了，她让它多睡一会，她怕小鸡睡眠不足。小鸡的腿上，若让蚊子咬了一块疤，她一发现了，她就立刻泡了艾蒿水来给小鸡来擦。她说若不及早的擦呀，那将来是公鸡，就要长不大，是母鸡就要下小蛋。小鸡蛋一个换两块豆腐，大鸡蛋换三块豆腐。

（这是母鸡。再说公鸡，公鸡是一刀菜，谁家杀鸡不想杀胖的。小公鸡是不好卖的。

（等她的小鸡，略微长大了一点，能够出了屋了，能够在院子里自己去找食吃去的时候，她就把它们给染了六匹红的，六匹绿的。都是在脑门上。

（至于把颜色染在什么地方，那就先得看邻居家的都染在什么地方，而后才能够决定。邻居家的小鸡把色染在膀梢上，那她就染在脑门上。邻居家的若染在脑门上，那她就要染在肚囊上。大家切不要都染在一个地方，染在一个地方可怎么能够识别呢？你家的跑到我家来，我家的跑到你家去，那么岂不又要混乱了吗？

（小鸡仔染了颜色是十分好看的，红脑门的，绿脑门的，好像它们都戴了花帽子。好像不是养的小鸡，好像养的是小孩似的。

（这团圆媳妇的婆婆从前她养鸡的时候就说过：

"养鸡可比养小孩子更娇贵，谁家的孩子还不就是扔在旁边他自己长大的，蚊子咬咬，臭虫咬咬，那怕什么的，那家的孩子的身上没有个疤拉疖子的。没有疤拉疖子的孩子都不好养活，都要短命的。"

（据她说，她一辈子的孩子并不多，就是这一个儿子，虽然说是稀少，可是也没有娇养过。到如今那身上的疤也有二十多块。

（她说：

"不信，脱了衣裳给大家伙看看……那孩子那身上的疤拉，真是多大的都有，碗口大的也有一块。真不是说，我对孩子真没有娇养过。除了他自个儿跌的摔的不说，就说我用劈柴棒子打的也落了好几个疤。养活孩子可不是养活鸡鸭的呀！养活小鸡，你不好好养它，它不下蛋。一个蛋，大的换三块豆腐，小的换两块豆腐，是闹着玩的吗？可不是闹着玩的。"

（有一次，她的儿子踏死了一个小鸡仔，她打了她儿子三天三夜，她说：

"我为什么不打他呢？一个鸡仔就是三块豆腐，鸡仔是鸡蛋变的呀！要想变一个鸡仔，就非一个鸡蛋不行，半个鸡蛋能行吗？不但半个鸡蛋不行，就是差一点也不行，坏鸡蛋不行，陈鸡蛋不行。一个鸡要一个鸡蛋，那么一个鸡不就是三块豆腐是什么呢？眼睁睁的把三块豆腐放在脚底踩了，这该多大的罪，不打他，那儿能够不打呢？我越想越生气，我想起来就打，无管黑夜白日，我打了他三天。后来打出一场病来，半夜三更的，睡得好好的说哭就哭。可是我也没有当他是一回子事，我就拿饭勺子敲着门框，给他叫了叫魂。没理他也就好了。"

（她这有多少年没养鸡了，自从订了这团圆媳妇，把积存下的那点针头线脑的钱都花上了。这还不说，还得每年头绳钱啦，腿带钱的托人捎去，一年一个空，这几年来就紧得不得了。想养几个鸡，都狠心没有养。

（现在这抽帖的云游真人坐在她的眼前，一帖又是十吊钱。若是先不提钱，先让她把帖抽了，那管抽完了再要钱呢，那也总算是没有花钱就抽了帖的。可是偏偏不先，那抽帖的人，帖还没让抽，就先提到了十吊钱。

　　（所以那团圆媳妇的婆婆觉得，一伸手，十吊钱。一张口，十吊钱。这不是眼看着钱往外飞吗？

　　（这不是飞，这是干什么，一点声响也没有，一点影子也看不见。还不比过河，往河里扔钱，往河里扔钱，还听一个响呢，还打起一个水泡呢。这是什么代价也没有的，好比自己发了昏，把钱丢了，好比遇了强盗，活活地把钱抢去了。

　　（团圆媳妇的婆婆，差一点没因为心内的激愤而流了眼泪。她一想十吊钱一帖，这那里是抽帖，这是抽钱。

　　（于是她把伸出去的手缩回来了。她赶快跑到脸盆那里去，把手洗了，这可不是闹笑话的，这是十吊钱哪！她洗完了手又跪在灶王爷那里祷告了一番。祷告完了才能够抽帖的。

　　（她第一帖就抽了个绿的，绿的不大好，绿的就是鬼火。她再抽一帖，这一帖就更坏了，原来就是那最坏的不死也得见阎王的里边包着蓝色药粉的那张帖。

　　（团圆媳妇的婆婆一见两帖都坏，本该抱头大哭，但是她没有那么的。自从团圆媳妇病重了，说长的，道短的，说死的，说活的，样样都有。又加上已经左次右番的请胡仙，跳大神，闹神闹鬼，已经使她见过不少的世面了。说活虽然高兴，说去见阎王也不怎样悲哀，似乎一时也总像见不了的样子。

（于是她就问那云游真人，两帖抽的都不好。是否可以想一个方法可以破一破？云游真人就说了：

"拿笔拿墨来。"

（她家本也没有笔，大孙子媳妇就跑到大门洞子旁边那粮米铺去借去了。

（粮米铺的山东女老板，就用山东腔问她：

"你家做啥？"

（大孙子媳妇说：

"给弟妹画病。"

（女老板又说：

"你家的弟妹，这一病就可不浅，到如今好了点没？"

（大孙子媳妇本想端着砚台拿着笔就跑，可是人家关心，怎好不答，于是去了好几袋烟的工夫，还不见回来。

（等她抱了砚台回来的时候，那云游真人，已经把红纸都撕好了。于是拿起笔来，在他撕好的四块红纸上，一块上边写了一个大字，那红纸条也不过半寸宽，一寸长。他写的那字大得都要从红纸的四边飞出来了。

（这四个字，他家本没有识字的人，灶王爷上的对联还是求人写的。一模一样，好像一母所生，也许写的就是一个字。大孙子媳妇看看不认识，奶奶婆婆看看也不认识。虽然不认识，大概这个字一定也坏不了，不然就用这个字怎么能破开一个人不见阎王呢？于是都一齐点头称好。

（那云游真人又命拿浆糊来。她们家终年不用浆糊，浆糊多么贵，白面十多吊钱一斤。都是用黄米饭粒来黏鞋面的。

（大孙子媳妇到锅里去铲了一块黄黏米饭来。云游真人，就用饭粒贴在红纸上了。于是掀开团圆媳妇蒙在头上的破棉袄，让她拿出手来，一个手心上给她贴一张。又让她脱了袜子，一只脚心上给她贴上一张。

（云游真人一见，脚心上有一大片白色的疤痕，他一想就是方才她婆婆所说的用烙铁给她烙的。可是他假装不知，问说：

"这脚心可是生过什么病症吗？"

（团圆媳妇的婆婆连忙就接过来说：

"我方才不是说过吗，是我用烙铁给她烙的。那里会见过的呢？走道像飞似的，打她，她记不住，我就给她烙一烙。好在也没什么，小孩子肉皮活，也就是十天半月的下不来地，过后也就好了。"

（那云游真人想了一想，好像要吓唬她一下，就说这脚心的疤，虽然是贴了红帖，也怕贴不住，阎王爷是什么都看得见的，这疤怕是就给了阎王爷以特殊的记号，有点不大好办。

（云游真人说完了，看一看她们怕不怕，好像是不怎样怕。于是他就说得严重一些：

"这疤不掉，阎王爷在三天之内就能够找到她，一找到她，就要把她活捉了去的。刚才抽的那帖是再准也没有的了，这红帖也绝没有用处。"

（他如此的吓唬着她们，似乎她们从奶奶婆婆到孙子媳妇都不大怕。那云游真人，连想也没有想，于是开口就说：

203

"阎王爷不但要捉团圆媳妇去，还要捉了团圆媳妇的婆婆去，现世现报，拿烙铁烙脚心，这不是虐待，这是什么，婆婆虐待媳妇，做婆婆的死了下油锅，老胡家的婆婆虐待媳妇……"

（他就越说越声大，似乎要喊了起来，好像他是专打抱不平的好汉，而变了他原来的态度了。

（一说到这里，老胡家的老少三辈都害怕了，毛骨悚然，以为她家里又是撞进来了什么恶魔。而最害怕的是团圆媳妇的婆婆，吓得乱哆嗦，这是多么骇人听闻的事情，虐待媳妇，世界上能有这样的事情吗？

（于是团圆媳妇的婆婆赶快跪下了，面向着那云游真人，眼泪一对一双的往下落：

"这都是我一辈子没有积德，有孽遭到儿女的身上，我哀告真人，请真人诚心的给我化散化散，借了真人的灵法，让我的媳妇死里逃生吧。"

（那云游真人立刻就不说见阎王了，说她的媳妇一定见不了阎王，因为他还有一个办法一办就好的。说来这法子也简单得很，就是让团圆媳妇把袜子再脱下来，用笔在那疤痕上一画，阎王爷就看不见了。当场就脱下袜子来在脚心上画了。一边画着还嘴里嘟嘟的念着咒语。这一画不知费了多大力气，旁边看着的人倒觉十分的容易，可是那云游真人却冒了满头的汗，他故意的咬牙切齿，皱眉瞪眼。这一画也并不是容易的事情，好像他在上刀山似的。

（画完了，把钱一算，抽了两帖二十吊。写了四个红纸贴在脚心手心上，每帖五吊是半价出售的，一共是四五等于二十吊。外加这一画，这一画本来是十吊钱，现在就给打个对折吧，就算五吊钱一只脚心，一共画了两只脚心，又是十吊。

（二十吊加二十吊，再加十吊。一共是五十吊。

（云游真人拿了这五十吊钱乐乐呵呵的走了。

（团圆媳妇的婆婆，在她刚要抽帖的时候，一听每帖十吊钱，她就心痛得了不得，又要想用这钱养鸡，又要想用这钱养猪。等到现在五十吊钱拿出去了，她反而也不想养鸡了，也不想养猪了。因为她想，事到临头，不给也是不行了。帖也抽了，字也写了，要想不给人家钱也是不可能的了。事到临头，还有什么办法呢？别说五十吊，就是一百吊钱也想也得算着吗？不给还行吗？

（于是她心安理得的把五十吊钱给了人家了。这五十吊钱，是她秋天出城去在豆田里拾黄豆粒，一共拾了二升豆子卖了几十吊钱。在田上拾黄豆粒也不容易，一片大田，经过主人家的收割，还能够剩下多少豆粒呢？而况穷人聚了那么大的一群，孩子，女人，老太太……你抢我夺的，你争我打的。为了二升豆子就得在田上爬了半月二十天的，爬得腰酸腿疼。唉，为着这点豆子，那团圆媳妇的婆婆还到"李永春"药铺，去买过二两红花的。那就是因为在土上爬豆子的时候，有一棵豆秧刺了她的手指甲一下。她也没有在乎，把刺拔出来也就去他的了。该拾豆子还是拾豆子。就因此那指甲可就不知怎么样，睡了一夜那指甲就肿起来了，肿得和茄子似的。

（这肿一肿又算什么呢？又不是皇上娘娘，说起来可真娇惯了，那有一个人吃天靠天，而不生点天灾的？

（闹了好几天，夜里痛得火喇喇的不能睡觉了。这才去买了二两红花来。

（说起买红花来，是早就该买的。奶奶婆婆劝她买，她不买。大孙子媳妇劝她买，她也不买。她的儿子想用孝顺来征服他的母亲，他强硬的要去给她买，因此还挨了他妈的一烟袋锅子。这一烟袋锅子就把儿子的脑袋给打了鸡蛋大的一个包。

"你这小子，你不是败家吗？你妈还没死，你就作了主了。小兔崽子，我看着你再说买红花的！大兔崽子我看着你的。"

（就这一边骂着，一边烟袋锅子就打下来了。

（后来也到底还是买了，大概是惊动了东邻西舍，这家说说，那家讲讲的，若再不买点红花来，也太不好看了，让人家说老胡家的大儿媳妇，一年到头，就能够寻寻觅觅的积钱，钱一到她的手里，就好像掉了地缝了，一个豆也再不用想从她的手里拿出来。假若这样的说开去，也是不太好听，何况这拣来的豆子能卖好几十吊呢，花个三吊两吊的就花了吧。一咬牙，去买上二两红花来擦擦。

（想虽然是这样想过了，但到底还没有决定，延持了好几天还没有"一咬牙"。

（最后也毕竟是买了，她选择了一个顶严重的日子，就是她的手，不但一个指头，而是整个的手都肿起来了。那原来肿得像茄子的指头，现在更大了，已经和一个小冬瓜似的了，而且连手掌也无限度的胖了起来，胖得和张小簸箕似的。她多少年来，就嫌自己太瘦，她总说，太瘦的人没有福分。尤其是瘦手瘦脚的，一看就不带福相。尤其是精瘦的两只手，一伸出来和鸡爪似的，真是轻薄的样子。

（现在她的手是胖了，但这样胖法，是不大舒服的。同时她也发了点热，她觉得眼睛和嘴都干，脸也发烧，身上也时冷时热。她就说：

"这手是要闹点事吗？这手……"

（一清早起，她就这样的念了好几遍。那胖得和小簸箕似的手，是一动也不能动了，好像一匹大猫或者一个小孩的头似的，她把它放在枕头上和她一齐的躺着。

"这手是要闹点事的吧！"

（当她的儿子来到她旁边的时候，她就这样说。

（她的儿子一听她母亲的口气，就有些了解了。大概这回她是要买红花的了。

（于是她的儿子跑到奶奶的面前，去商量着要给她母亲去买红花，她们家住的是南北对面的炕，那商量的话声，虽然不甚大，但是他的母亲是听到的了。听到了，也假装没有听到，好表示这买红花可到底不是她的意思，可并不是她的主使，她可没有让他们去买红花。

（在北炕上，祖孙二人商量了一会，孙子说向她妈去要钱去。祖母说：

"拿你奶奶的钱先去买吧，你妈好了再还我。"

（祖母故意把这句说得声音大一点，似乎故意让她的大儿媳妇听见。

（大儿媳妇是不但这句话，就是全部的话也都了然在心了，不过装着不动就是了。

（红花买回来了，儿子坐在母亲的旁边，儿子说：

"妈，你把红花酒擦上吧。"

（母亲从枕头上转过脸儿来，似乎买红花这件事情她事先一点也不晓得，说：

"哟！这小鬼羔子，到底买了红花来……"

（这回可并没有用烟袋锅子打，倒是安安静静的把手伸出来，让那浸了红花的酒，把一只胖手完全染上了。

（这红花到底是二吊钱的，还是三吊钱的，若是二吊钱的倒给的不算少，若是三吊钱的，那可贵了一点。若是让她自己去买，她可绝对的不能买这么多，也不就是红花吗！红花就是红的就是了，治病不治病，谁晓得？也不过就是解解心疑就是了。

（她想着想着，因为手上涂了酒觉得凉爽，就要睡一觉，又加上烧酒的气味香扑扑的，红花的气味药忽忽的。她觉得实在是舒服了不少。于是她一闭眼睛就做了一个梦。

（这梦做的是她买了两块豆腐，这豆腐又白又大。是用什么钱买的呢？就是用买红花剩来的钱买的。因为在梦里边她梦见是她自己去买的红花。她自己也不买三吊钱的，也不买两吊钱的，是买了一吊钱的。在梦里边她还算着，不但今天有两块豆腐吃，那天一高兴还有两块吃的！三吊钱才买了一吊钱的红花呀！

（现在她一遭就拿了五十吊钱给了云游真人。若照她的想法来想，这五十吊钱可该买多少豆腐了呢？

（但是她没有想，一方面因为团圆媳妇的病也实在病得缠绵，在她身上花钱也花得大手大脚的了。另一方面就是那云游真人的来势也过于猛了点，竟打起抱不平来，说她虐待团圆媳妇。还是赶快的给了他钱，让他滚蛋吧。

（真是家里有病人是什么气都受得呵。团圆媳妇的婆婆左思右想，越想越是自己遭了无妄之灾，满心的冤屈，想骂又没有对象，想哭又哭不出来，想打也无处下手了。

（那小团圆媳妇再打也就受不住了。

（若是那小团圆媳妇刚来的时候，那就非先抓过她来打一顿再说。做婆婆的打了一只饭碗，也抓过来把小团圆媳妇打一顿。她丢了一根针也抓过来把小团圆媳妇打一顿。她跌了一个筋斗，把单裤膝盖的地方跌了一个洞，她也抓过来把小团圆媳妇打一顿。总之，她一不顺心，她就觉得她的手就想要打人。她打谁呢？谁能够让她打呢？于是就轮到小团圆媳妇了。

（有娘的，她不能够打。她自己的儿子也舍不得打。打猫，她怕把猫打丢了。打狗，她怕把狗打跑了。打猪，怕猪掉了斤两。打鸡，怕鸡不下蛋。

（唯独打这小团圆媳妇是一点毛病没有，她又不能跑掉，她又不能丢了。她又不会下蛋。反正也不是猪，打掉了一些斤两也不要紧，反正也不过秤。

（可是这小团圆媳妇，一打也就吃不下饭去。吃不下饭去不要紧，多喝一点饭米汤好啦，反正饭米汤剩下也是要喂猪的。

（可是这都成了已往的她的光荣的日子了，那种自由的日子恐怕一时不会再来了。现在她不用说打，就连骂她也不大骂她了。

（现在她别的都不怕，她就怕她死，她心里总有一个阴影，她的小团圆媳妇可不要死了呵。

（于是她碰到了多少的困难，她都克服了下去，她咬着牙根，她忍住眼泪，她要骂不能骂，她要打不能打。她要哭，她又止住了。无限的伤心，无限的悲哀，常常一齐会来到她的心中的。她想，也许是前生没有做了好事，此生找到她了。不然为什么连一个团圆媳妇的命都没有。她想一想，她一生没有做过恶事，面软，心慈，凡事都是自己吃亏，让着别人。虽然没有吃斋念佛，但是初一十五的素口也自幼就吃着。虽然不怎样拜庙烧香，但四月十八的庙会，也没有拉下过。娘娘庙前一把香，老爷庙前三个头。那一年也都是烧香磕头的没有拉过"过场"。虽然是自小没有读过诗文，不认识字，但是"金刚经""灶王经"也会念上两套。虽然说不曾做过舍善的事情，没有补过路，没有修过桥，但是逢年过节，对那些讨饭的人，也常常给过他们剩汤剩饭的。虽然过日子不怎样俭省，但也没有多吃过一块豆腐。拍拍良心对天对得起，对地也对得住。那为什么老天爷明明白白的却把祸根种在她身上？

（她越想，她越心烦意乱。

"都是前生没有做了好事，今生才找到了。"

（她一想到这里，她也就不再想了，反正事到临头，瞎想一阵又能怎样呢？于是她自己劝着自己就又忍着眼泪，咬着牙根，把她那兢兢业业的，养猪喂狗所积下来的那点钱，又一吊一吊的，一五一十的，往外拿着。

（东家说，看个香火，西家说吃个偏方。偏方，野药，大神，赶鬼，看香，扶乩，样样都已经试过。钱也不知花了多少，但是都不怎样见效。

（那小团圆媳妇夜里说梦话，白天发烧。一说起梦话来，总是说她要回家。

（"回家"这两个字，她的婆婆觉得最不祥，就怕她是阴间的花姐，阎王奶奶要把她叫了回去。于是就请了一个圆梦的。那圆梦的一圆，果然不错，"回家"就是回阴间地狱的意思。

（所以那小团圆媳妇，做梦的时候，一梦到她的婆婆打她，或者是用梢子绳把她吊在房梁上了，或是梦见婆婆用烙铁烙她的脚心，或是梦见婆婆用针刺她的手指尖。一梦到这些，她就大哭大叫，而且嚷着她要"回家"。

（婆婆一听她嚷回家，就伸出手去在大腿上拧着她。日子久了，拧来，拧去，那小团圆媳妇的大腿被拧得像一个梅花鹿似的青一块，紫一块的了。

（她是一份善心，怕是真的她回了阴间地狱，赶快的把她叫醒来。

（可是小团圆媳妇睡得朦里朦胧的，她以为她的婆婆可又真的在打她了，于是她大叫着，从炕上翻身起来，就跳下地去，拉也拉不住她，按也按不住她。

（她的力气大得惊人，她的声音喊得怕人。她的婆婆于是觉得更是见鬼了，着魔了。

（不但她的婆婆，全家的人也都相信这孩子的身上一定有鬼。

（谁听了能够不相信呢？半夜三更的喊着回家，一招呼醒了，她就跳下地去，瞪着眼睛，张着嘴，连哭带叫的，那力气比牛还大，那声音好像杀猪似的。

（谁能够不相信呢？又加上她婆婆的渲染，说她眼珠子是绿的，好像两棵鬼火似的，说她的喊声，是直声拉气的，不是人声。

（所以一传出去，东邻西舍的，没有不相信的。

（于是一些善人们，就觉得这小女孩子也实在让鬼给捉弄得可怜了。那个孩儿是没有娘的，那个人不是肉生肉长的。谁家不都是养老育小，……于是大动恻隐之心。东家二姨，西家三姑，她说她有奇方，她说她有妙法。

（于是就又跳神赶鬼，看香，扶乩，老胡家闹得非常热闹。传为一时之盛。若有不去看跳神赶鬼的，竟被指为落伍。

（因为老胡家跳神跳得花样翻新，是自古也没有这样跳的，打破了跳神的纪录了，给跳神开了一个新纪元。若不去看看，耳目因此是会闭塞了的。

（当地没有报纸，不能记录这桩盛事。若是患了半身不遂的人，患了瘫病的人，或是大病卧床不起的人，那真是一生的不幸，大家也都为他惋惜，怕是他此生也要孤陋寡闻，因为这样的隆重的盛举，他究竟不能够参加。

（呼兰河这地方，到底是太闭塞，文化是不大有的。虽然当地的官，绅，认为已经满意了，而且请了一位满清的翰林，作了一首歌，歌曰：

溯呼兰天然森林，自古多奇材。

5553 | 5511 | 21232

（这首歌还配上了从东洋流来的乐谱，使当地的小学都唱着。这歌不止这两句这么短，不过只唱这两句就已经够好的了。所好的是使人听了能够引起一种自负的感情来，尤其当清明植树节的时候，几个小学堂的学生都排起队来在大街上游行，并唱着这首歌。使老百姓听了，也觉得呼兰河是个了不起的地方，一开口说话就"我们呼兰河"，那在街道上拣粪蛋的孩子，手里提着粪耙子，他还说"我们呼兰河！"可不知道呼兰河给了他什么好处。也许那粪耙子就是呼兰河给了他的。

（呼兰河这地方，尽管奇才很多，但到底太闭塞，竟不会办一张报纸。以至于把当地的奇闻妙事都没有记载，任其风散了。

（老胡家跳大神，就实在跳得出奇。用大缸给团圆媳妇洗澡，而且是当众就洗的。

（这种奇闻盛举一经传了出来，大家都想去开开眼界，就是那些患了半身不遂的，患了瘫病的人，人们觉得他们瘫了倒没有什么，只是不能够前来看老胡家团圆媳妇大规模的洗澡，真是一生的不幸。）

五

天一黄昏，老胡家就打起鼓来了，大缸，开水，公鸡，都预备好了。

公鸡抓来了，开水烧滚了，大缸摆好了。

看热闹的人，络绎不绝的来看。我和祖父也来了。

小团圆媳妇躺在炕上，黑忽忽的，笑呵呵的。我给她一个玻璃球，又给她一片碗碴，她说这碗碴很好看，她拿在眼睛前照一照。她说这玻璃球也很好玩，她用手指甲弹着。她看一看她的婆婆不在旁边，她就起来了，她想要坐起来在炕上弹这玻璃球。

还没有弹，她的婆婆就来了，就说：

"小不知好歹的，你又起来疯什么？"

说着走近来，就用破棉袄把她蒙起来了，蒙得没头没脑的，连脸也露不出来。

我问祖父她为什么不让她玩。

祖父说：

"她有病。"

我说：

"她没有病，她好好的。"

于是我上去把棉袄给她掀开了。

掀开一看，她的眼睛早就睁着。她问我，她的婆婆走了没有，我说走了，于是她又起来了。

她一起来，她婆婆又来了。又把她给蒙了起来说：

"也不怕人家笑话，病得跳神赶鬼的，那有的事情，说起来，就起来。"

这是她婆婆向她小声说的，等婆婆回过头去向着众人，就又那么说：

"她是一点也着不得凉的，一着凉就犯病。"

屋里屋外，越张罗越热闹了，小团圆媳妇跟我说：

"等一会你看吧，就要洗澡了。"

她说着的时候，好像说着别人的一样。

果然，不一会工夫就洗起澡来了，洗得吱哇乱叫。

大神打着鼓，命令她当众脱了衣裳。衣裳她是不肯脱的，她的婆婆抱住了她，还请了几个帮忙的人，就一齐上来，把她的衣裳撕掉了。

她本来是十二岁，却长得十五六岁那么高，所以一时看热闹的姑娘媳妇们，看了她，都难为情起来。

很快的小团圆媳妇就被抬进大缸里去。大缸里满是热水，是滚热的热水。

她在大缸里边，叫着，跳着，好像她要逃命似的狂喊。她的旁边站着三四个人从缸里搅起热水来往她的头上浇。不一会，浇得满脸通红，她再也不能够挣扎了，她安稳的在大缸里边站着，她再不往外边跳了，大概她觉得跳也跳不出来了。那大缸是很大的，她站在里边仅仅的露着一个头。

我看了半天，到后来她连动也不动，哭也不哭，笑也不笑。

满脸的汗珠，满脸通红，红得像一张红纸。

我跟祖父说：

"小团圆媳妇不叫了。"

我再往大缸里一看，小团圆媳妇没有了。她昏倒在大缸里了。

这时候，看热闹的人们，一声狂喊，都以为小团圆媳妇是死了，大家都跑过去拯救她，竟有心慈的人，流下眼泪来。

（小团圆媳妇还活着的时候，她像要逃命似的前一刻她还求救于人的时候，并没有一个人上前去帮忙她，把她从热水里解救出来。）

（现在她是什么也不知道了，什么也不要求了。可是一些人，偏要去救她。）

（把她从大缸里抬出来，给她浇一点冷水。这小团圆媳妇一昏过去，可把那些看热闹的人可怜得不得了，就是前一刻她还主张着"用热水浇哇！用热水浇哇"的人，现在也心痛起来。怎能够不心痛呢，活蹦乱跳的孩子，一会工夫就死了。）

小团圆媳妇摆在炕上，浑身像火炭那般热，东家的婶子，伸出一只手来，到她身上去摸一摸，西家大娘也伸出手来到她身上去摸一摸。

都说：

"哟哟，热得和火炭似的。"

有的说，水太热了一点。有的说，不应该往头上浇，大热的水，一浇那有不昏的。

大家正在谈说之间，她的婆婆过来，赶快拉了一张破棉袄给她盖上了，说：

"赤身裸体的羞不羞！"

（小团圆媳妇怕羞不肯脱下衣裳来，她婆婆喊着号令给她撕下来了。现在她什么也不知道了，她没有感觉了，婆婆反而替她着想了。）

（大神打了几阵鼓，二神向大神对了几阵话。看热闹的人，你望望他，他望望你。虽然不知道下文如何，这小团圆媳妇到底是死是活。但却没有白看一场热闹，到底是开了眼界，见了世面，总算是不无所得的。）

有的竟觉得困了，问着别人，三星是否打了横梁，说他要回家睡觉去了。

（大神一看这场面不大好，怕是看热闹的人都要走了，就卖一点力气叫一叫座。于是痛打了一阵鼓，喷了几口酒在团圆媳妇的脸上。从腰里拿出银针来，刺着小团圆媳妇的手指尖。）

不一会，小团圆媳妇就活转来了。

大神说，洗澡必得连洗三次，还有两次要洗的。

（于是人心大为振奋，困的也不困了，要回家睡觉的也精神了。这来看热闹的，不下三十人，个个眼睛发亮，人人精神百倍。看吧，洗一次就昏过去了，洗两次又该怎样呢？洗上三次，那可就不堪想象了。所以看热闹的人的心里，都满着秘密。）

（果然的，小团圆媳妇一被抬到大缸里去，被热水一烫，就又大声的怪叫了起来，一边叫着一边还伸出手来把着缸沿想要跳出来。这时候，浇水的浇水，按头的按头，总算让大家压服又把她昏倒在缸底里了。）

这次她被抬出来的时候，她的嘴里还往外吐着水。

（于是一些善心的人，是没有不可怜这小女孩子的。）东家的二姨，西家的三婶，就都一齐围拢过去，都去设法施救去了。

她们围拢过去，看看有气没有？（若还有气，那就不用救。若是死了，那就赶快浇凉水。）

（若是有气，她自己就会活转来的。若是断了气，那就赶快施救，不然怕她真的死了。）

六

小团圆媳妇当晚被热水烫了三次，烫一次昏一次。

（闹到三更天才散了场。大神回家去睡觉去了。看热闹的人也都回家去睡觉去了。

（星星月亮，出满了一天，冰天雪地正是个冬天。雪扫着墙根，风刮着窗棂。鸡在架里边睡觉，狗在窝里边睡觉，猪在栏里边睡觉，全呼兰河都睡着了。

（只有远远的狗叫，那或许是从白旗屯传来的，或者是从呼兰河的南岸那柳条林子里的野狗的叫唤。总之，那声音是来得很远，那已经是呼兰河城以外的事情了。而呼兰河全城，就都一齐睡着了。

（前半夜那跳神打鼓的事情一点也没有留下痕迹。那连哭带叫的小团圆媳妇，好像在这世界上她也并未曾哭过叫过，因为一点痕迹也并未留下。家家户户都是黑洞洞的，家家户户都睡得沉实实的。

（团圆媳妇的婆婆也睡得打哼了。

（因为三更已经过了，就要来到四更天了。）

七

（第二天小团圆媳妇昏昏沉沉的睡了一天，第三天，第四天，也都是昏昏沉沉的睡着，眼睛似睁非睁的，留着一条小缝，从小缝里边露着白眼珠。

（家里的人，看了她那样子，都说，这孩子经过一番操持，怕是真魂就要附体了，真魂一附了体，病就好了。不但她的家里人这样说，就是邻人也都这样说。所以对于她这种不饮不食，似睡非睡的状态，不但不引以为忧，反而觉得应该庆幸。她昏睡了四五天，她家的人就快乐了四五天，她睡了六七天，她家的人就快乐了六七天。在这期间，绝对的没有使用偏方，也绝对的没有采用野药。

（但是过了六七天，她还是不饮不食的昏睡，要好起来的现象一点也没有。

（于是又找了大神来，大神这次不给她治了，说这团圆媳妇非出马当大神不可。

（于是又采用了正式的赶鬼的方法，到扎彩铺去，扎了一个纸人，而后给纸人缝起布衣裳来穿上，——穿布衣裳为的是绝对的像真人——擦脂抹粉，手里提着花手巾，很是好看。穿了满身花洋布的衣裳，打扮成一个十七八岁的大姑娘。用人抬着，抬到南河沿旁边那大土坑去烧了。

（这叫做烧"替身"，据说把这"替身"一烧了，她可以替代真人，真人就可以不死。

（烧"替身"的那天，团圆媳妇的婆婆为着表示虔诚，她还特意的请了几个吹鼓手，前边用人举着那扎彩人，后边跟着几个吹鼓手，呜瓦当，呜瓦当的向着南大土坑走去了。

（那景况说热闹也很热闹，喇叭曲子吹的是句句双。说凄凉也很凄凉。前边一个扎彩人，后边三五个吹鼓手，出丧不像出丧，报庙不像报庙。

（跑到大街上来看这热闹的人也不很多，因为天太冷了，探头探脑的跑出来的人一看，觉得没有什么可看的，就关上大门回去了。

（所以就孤孤单单的，凄凄凉凉在大土坑那里把那扎彩人烧了。

（团圆媳妇的婆婆一边烧着还一边后悔，若早知道没有什么看热闹的人，那又何必给这扎彩人穿上真衣裳。她想要从火堆中把衣裳抢出来，但又来不及了，就眼看着让它烧去了。这一套衣裳，一共花了一百多吊钱。于是她看着那衣裳的烧去，就像眼看着烧去了一百多吊钱。

（她心里是又悔又恨，她简直忘了这是她的团圆媳妇烧替身，她本来打算念一套祷神告鬼的词句。她回来的时候，走在路上才想起来。但想起来也晚了，于是她自己感到大概要白白的烧了个替身，灵不灵谁晓得呢！）

八

后来又听说那团圆媳妇的大辫子，睡了一夜觉就掉下来了。

就掉在枕头旁边，这可不知是怎么回事。

她的婆婆说这团圆媳妇一定是妖怪。

把那掉下来的辫子留着，谁来给谁看。

看那样子一定是什么人用剪刀给她剪下来的。但是她的婆婆偏说不是，就说，睡了一夜觉就自己掉下来了。

（于是这奇闻又远近的传开去了。不但她的家人不愿意和妖怪在一起，就是同院住的人也都觉得太不好。）

（夜里关门关窗户的，一边关着于是就都说：

"老胡家那小团圆媳妇一定是个小妖怪。"）

我家的老厨子是个多嘴的人，他和祖父讲老胡家的团圆媳妇又怎样怎样了。又出了新花头，辫子也掉了。

我说：

"不是的，是用剪刀剪的。"

老厨子看我小，他欺侮我，他用手指住了我的嘴。他说：

"你知道什么，那小团圆媳妇是个妖怪呀！"

我说：

"她不是妖怪，我偷着问她，她头发是怎么掉了的，她还跟我笑呢！她说她不知道。"

祖父说："好好的孩子快让他们捉弄死了。"

过了些日子，老厨子又说：

"老胡家要'休妻'了，要'休'了那个小妖怪。"

祖父以为老胡家那人家不大好。

祖父说："二月让他搬家。把人家的孩子快捉弄死了，又不要了。"

九

还没有到二月，那黑忽忽的，笑呵呵的小团圆媳妇就死了。是一个大清早晨，老胡家的大儿子，那个黄脸大眼睛的车老板子就来了。一见了祖父，他就双手举在胸前作了一个揖。

祖父问他什么事？

他说：

"请老太爷施舍一块地方，好把小团圆媳妇埋上……"

祖父问他：

"什么时候死的？"

他说：

"我赶着车，亮天才到家。听说半夜就死。"

祖父答应了他，让他埋在城外的地边上。并且招呼有二伯来，让有二伯领着他们去。

有二伯临走的时候，老厨子也跟去了。

我说，我也要去，我也跟去看看，祖父百般的不肯。祖父说：

"咱们在家下压拍子打小雀吃……"

我于是就没有去。虽然没有去，但心里边总惦着有一回事。等有二伯也不回来，等那老厨子也不回来。等他们回来，我好听一听那情形到底怎样？

十点多钟，他们两个在人家喝了酒，吃了饭才回来的。前边走着老厨子，后边走着有二伯。好像两个胖鸭子似的，走也走不动了，又慢又得意。

走在前边的老厨子，眼珠通红，嘴唇发光。走在后边的有二伯，面红耳热，一直红到他脖子下边的那条大筋。

进到祖父屋来，一个说：

"酒菜真不错……"

一个说：

"……鸡蛋汤打得也热乎。"

关于埋葬团圆媳妇的经过，却先一字未提。好像他们两个是过年回来的，充满了欢天喜地的气象。

我问有二伯，那小团圆媳妇怎么死的，埋葬的情形如何。

有二伯说：

"你问这个干什么，人死还不如一只鸡……一伸腿就算完事……"

我问：

"有二伯，你多咱死呢？"

他说：

"你二伯死不了的……那家有万贯的，那活着享福的，越想长寿，就越活不长……上庙烧香，上山拜佛的也活不长。像你有二伯这条穷命，越老越结实。好比个石头疙瘩似的，那儿死啦！俗语说得好，'有钱三尺寿，穷命活不够'。像你二伯就是这穷命，穷命鬼阎王爷也看不上眼儿来的。"

到晚饭，老胡家又把有二伯他们二位请去了。又在那里喝的酒。因为他们帮了人家的忙，人家要酬谢他们。

十

老胡家的团圆媳妇死了不久，他家的大孙子媳妇就跟人跑了。

奶奶婆婆后来也死了。

他家的两个儿媳妇，一个为着那团圆媳妇瞎了一只眼睛。因为她天天哭，哭她那花在团圆媳妇身上的倾家荡产的五千多吊钱。

另外的一个因为她的儿媳妇跟着人家跑了，要把她羞辱死了，一天到晚的，不梳头，不洗脸的坐在锅台上抽着烟袋，有人从她旁边过去，她高兴的时候，她向人说：

"你家里的孩子，大人都好哇？"

她不高兴的时候，她就向着人脸，吐一口痰。

她变成一个半疯了。

老胡家从此不大被人记得了。

十一

我家的背后有一个龙王庙，庙的东角上有一座大桥。人们管这桥叫"东大桥"。

那桥下有些冤魂枉鬼，每当阴天下雨，从那桥上经过的人，往往听到鬼哭的声音。

据说，那团圆媳妇的灵魂，也来到了东大桥下。说她变了一只很大的白兔，隔三差五的就到桥下来哭。

有人问她哭什么？

她说她要回家。

那人若说：

"明天，我送你回去……"

那白兔子一听，拉过自己的大耳朵来，擦擦眼泪，就不见了。

若没有人理她，她就一哭，哭到鸡叫天明。

小城三月

一

三月的原野已经绿了，像地衣那样绿，透出在这里、那里。郊原上的草，是必须转折了好几个弯儿才能钻出地面的，草儿头上还顶着那胀破了种粒的壳，发出一寸多高的芽子，欣幸地钻出了土皮。放牛的孩子在掀起了墙脚下面的瓦时，找到了一片草芽子，孩子们回到家里告诉妈妈，说："今天草芽出土了！"妈妈惊喜地说："那一定是向阳的地方！"抢根菜的白色的圆石似的籽儿在地上滚着，野孩子一升一斗地在拾着。蒲公英发芽了，羊咩咩地叫，乌鸦绕着杨树林子飞。天气一天暖似一天，日子一寸一寸的都有意思。杨花满天照地飞，像棉花似的。人们出门都是用手捏着，杨花挂着他了。草和牛粪横在道上，放散着强烈的气味。远远的有用石子打船的声音。"空空……"的大声传来。

河冰化了，冰块顶着冰块，苦闷地又奔放地向下流。乌鸦站在冰块上寻觅小鱼吃，或者是还在冬眠的青蛙。

天气突然地热起来，说是"二八月，小阳春"，自然冷天气要来的，但是这几天可热了。春带着强烈的呼唤从这头走到那头……

小城里被杨花给装满了，在榆钱还没变黄之前，大街小巷到处飞着，像纷纷落下的雪块……

春来了。人人像久久等待着一个大暴动，今天夜里就要举行，人人带着犯罪的心情，想参加到解放的尝试……春吹到每个人的心坎，带着呼唤，带着蛊惑……

我有一个姨，和我的堂哥哥大概是恋爱了。

姨母本来是很近的亲属，就是母亲的姊妹。但是我这个姨，她不是我的亲姨，她是我的继母的继母的女儿。那么她可算与我的继母有点血统的关系了，其实也是没有的。因为我这个外祖母是在已经做了寡妇之后才来到我外祖父家，翠姨就是这个外祖母原来在另外一家所生的女儿。

翠姨生得并不是十分漂亮，但是她长得窈窕，走起路来沉静而且漂亮，讲起话来清楚地带着一种平静的感情。她伸手拿樱桃吃的时候，好像她的手指尖对那樱桃十分可怜的样子，她怕把它触坏了似的轻轻地捏着。

假若有人在她的背后唤她一声，她若是正在走路，她就会停下了；若是正在吃饭，就要把饭碗放下，而后把头向着自己的肩膀转过去，而全身并不大转，于是她自觉地闭合着嘴唇，像是有什么要说而一时说不出来似的……

而翠姨的妹妹，忘记了她叫什么名字，反正是一个大说大笑的，不十分修边幅，和她的姐姐全不同。花的绿的，红的紫的，只要是市上流行的，她就不大加以选择，做起一件衣服来赶快就穿在身上。穿上了而后，到亲戚家去串门，大家恭维她的衣料怎样漂亮的时候，她总是说，和这完全一样的，还有一件，她给了她的姐姐了。

我到外祖父家去，外祖父家里没有像我一般大的女孩子陪着我玩，所以每当我去，外祖母总是把翠姨喊来陪我。

翠姨就住在外祖父的后院，隔着一道板墙，一招呼，听见就来了。

外祖父住的院子和翠姨住的院子，虽然只隔一道板墙，但是却没有门可通，所以还得绕到大街上去从正门进来。

因此有时翠姨先来到板墙这里，从板墙缝中和我打了招呼，而后回到屋去装饰一番，才从大街上绕了个圈来她母亲的家里。

翠姨很喜欢我。因为我在学堂里念书，而她没有，她想什么事我都比她明白。所以，她总是有许多事务同我商量，看看我的意见如何。

到夜里，我住在外祖父家里了，她就陪着我也住下。

每每睡下就谈，谈过了半夜，不知为什么总是谈不完……

开初谈的是衣服怎样穿，穿什么样颜色，穿什么样的料子。比如走路应该快或是应该慢。有时，白天里她买了一个别针，到夜里她拿出来看看，问我这别针到底是好看或是不好看。那时候，大概是十五年前的时候，我们不知城外如何装扮一个女子，而在这个城里，几乎个个都有一条宽大的绒绳结的披肩，蓝的紫的，各色的都有，但最多多不过枣红色的。几乎在街上所见的都是枣红色的大披肩了。

那怕红的绿的那么多，但总没有枣红色的最流行。

翠姨的妹妹有一条，翠姨有一条，我的所有的同学，几乎每人都有一条。就连素不考究的外祖母的肩上也披着一条，只不过披的是蓝色的，没有敢用最流行的枣红色的就是了。因为她总算年纪大了一点，对年轻人让了一步。

还有那时候都流行穿绒绳鞋，翠姨的妹妹就赶快地买了穿上，因为她那个人很粗心大意，好坏她不管，只是人家有她也有，别人是人穿衣服，而翠姨的妹妹就好像被衣服所穿了似的，芜芜杂杂。但永远合乎着应有尽有的原则。

翠姨的妹妹的那绒绳鞋，买来了，穿上了。在地板上跑着，不大一会工夫，那每只鞋脸上系着的一只毛球，竟有一个毛球已经离开了鞋子，向上跳着，只还有一根绳连着，不然就要掉下来了。很好玩的，好像一颗大红枣被系到脚上去了。因为她的鞋子也是枣红色的。大家都在嘲笑她的鞋子一买回来就坏了。

翠姨她没有买，也许她心里边早已经喜欢了，但是看上去她都像反对似的，好像她都不接受。

她必得等到许多人都开始采办了，这时候，看样子她才稍稍有些动心。

好比买绒绳鞋，夜里她和我谈话问过我的意见，我说也是好看的，我有很多的同学她们也都买了绒绳鞋。

第二天，翠姨就要求我陪着她上街，先不告诉我去买什么，进了铺子选了半天别的，才问到我绒绳鞋。

走了几家铺子，都没有，都说是已经卖完了。我晓得店铺的人是这样瞎说的，表示他这家店铺平常总是最丰富的，只恰巧你要的这件东西，他就没有了。我劝翠姨说，咱们慢慢地走，别家一定会有的。

我们坐马车从街梢上的外祖父家来到街中心的。

见了第一家铺子，我们就下了马车。不用说，马车我们已经是付过了价钱的。等我们买好了东西回来的时候，会另外叫一辆的，因为我们不知道要等多久。

大概看见什么好，虽然不需要也要买点；或是东西已经买全了，不必要再多留连，也要留连一会；或是买东西的目的，本来只在一双鞋，而结果鞋子没有买到，反而罗里罗嗦地买回来许多用不着的东西。

这一天，我们辞退了马车，进了第一家店铺。

在别的大城市里没有这种情形，而在我家乡里往往是这样，坐了马车，虽然是付过了钱，让他自由去兜揽生意，但他常常还仍旧等候在铺子的门外。等一出来，他仍旧请你坐他的车。

我们走进第一个铺子，一问没有。于是就看了些别的东西，从绸缎看到呢绒，从呢绒再看到绸缎，布匹根本不看的，并不像母亲们进了店铺那样子。这个买去做被单，那个买去做棉袄的，因为我们管不了被单棉袄的事。母亲们一月不进店铺，一进店铺又是这个便宜应该买；那个不贵，也应该买。比方一块在夏天才用得着的花洋布，母亲们冬天里就买起来了，说是趁着便宜多买点，总是用得着的。而我们就不然了，我们是天天进店铺的，天天搜寻些个是好看的，是贵的值钱的，平常时候绝对的用不到想不到的。

那一天，我们买了许多花边回来，钉着光片的，带着琉璃的。说不上要做什么样的衣服才配得着这种花边。也许根本没有想到做衣服，就贸然地把花边买下了。一边买着，一边说好，翠姨说好，我也说。到后来，回到家里，当众打开了让大家批判，这个一言，那个一语，让大家说得也有点没有主意了，心里已经五六分空虚了。于是赶快地收拾了起来，或者从别人的手里夺过来，把它包起来，说她们不识货，不让她们看了。

勉强说着：

"我们要做一件红金丝绒的袍子，把这个黑琉璃边镶上。"

或："这红的我们送人去……"

说虽仍旧如此说，心里已经八九分空虚了，大概是这些所心爱的，从此就不会再出头露面的了。

在这小城里，商店究竟没有多少，到后来又加上看不到绒绳鞋，心里着急，也许跑得更快些。不一会工夫，只剩了三两家了。而那三两家，又偏偏是不常去的，铺子小，货物少。想来它那里也是一定不会有的了。

我们走进一个小铺子里去，果然有三四双，非小即大，而且颜色都不好看。

翠姨有意要买，我就觉得奇怪，原来就不十分喜欢，既然没有好的，又为什么要买呢？让我说着，没有买成回家去了。

过了两天，我把买鞋子这件事情早忘了。

翠姨忽然又提议要去买。

从此我知道了她的秘密，她早就爱上了那绒绳鞋了，不过她没有说出来就是了。她的恋爱的秘密就是这样子的。她似乎要把它带到坟墓里去，一直不要说出口，好像天底下没有一个人值得听她的告诉……

在外边飞着满天大雪，我和翠姨坐着马车去买绒绳鞋。我们身上围着皮褥子，赶车的车夫高高地坐在车夫台上，摇晃着身子，唱着沙哑的山歌："喝咧咧……"耳边风呜呜地啸着，从天上倾下来的大雪，迷乱了我们的眼睛，远远的天隐在云雾里，我默默地祝福翠姨快快买到可爱的绒绳鞋，我从心里愿意她得救……

市中心远远地朦朦胧胧地站着，行人很少，全街静悄无声。我们一家挨一家地问着，我比她更急切，我想赶快买到吧，我小心地盘问着那些店员们，我从来不放弃一个细微的机会，我鼓励翠姨，没有忘记一家。使她都有点儿诧异，我为什么忽然这样热心起来。但是我完全不管她的猜疑，我不顾一切地想在这小城里面，找出一双绒绳鞋来。

只有我们的马车，因为载着翠姨的愿望，在街上奔驰得特别的清醒，又特别的快。雪下得更大了，街上什么都没有了，只有我们两个人，催着车夫，跑来跑去。一直到天都很晚了，鞋子没有买到，翠姨深深地看着我的眼睛说："我的命，不会好的。"我很想装出大人的样子，来安慰她，但是没有等到找出什么适当的话来，泪便流出来了。

二

翠姨以后也常来我家住着，是我的继母把她接来的。

因为她的妹妹订婚了，怕是她的家里并没有多少人，只有她的一个六十多岁的老祖父，再就是一个也是寡妇的伯母，带一个女儿。

堂姊妹本该在一起玩耍解闷的，但是因性格的相差太远，一向是水火不同炉地过着日子。

她的堂妹妹，我见过，永久是穿着深色的衣裳，黑黑的脸，一天到晚陪着母亲坐在屋子里。母亲洗衣裳，她也洗衣裳；母亲哭，她也哭。也许她帮着母亲哭她死去的父亲，也许哭的是她们的家穷。那别人就不晓得了。

本来是一家的女儿，翠姨她们两姊妹却像有钱的人家的小姐，而那个堂妹妹，看上去却像个乡下丫头。这一点，使她得到常常到我们家里来住的权利。

她的亲妹妹订婚了，再过一年就出嫁了。在这一年中，妹妹大大地阔气起来，因为婆家那方面一订了婚就送来了聘礼，这个城里，从前不用大洋票，而用的是广信公司出的帖子，一百吊一千吊地论。她妹妹的聘礼大概是几万吊，所以她忽然不得了起来，今天买这样，明天买那样，花别针一个又一个的，丝头绳一团一团的，带穗的耳坠子，洋手表，样样都有了。每逢上街的时候，她和她姐姐一道，现在总是她付车钱了。她的姐姐要付，她却百般地不肯，有时当着人面，姐姐一定要付，妹妹一定不肯，结果闹得很窘，姐姐无形中觉得一种权利被人剥夺了。

但是关于妹妹的订婚，翠姨一点也没有羡慕的心理。妹妹未来的丈夫，她是看过的，没有什么好看，很高，穿着蓝袍子黑马褂，好像商人，又像一个小土绅士。又加上翠姨太年轻了，想不到什么丈夫，什么结婚。

因此，虽然妹妹在她的旁边一天比一天丰富起来，妹妹是有钱了，但是妹妹为什么有钱的，她没有考查过。

所以当妹妹尚未离开她之前，她绝对地没有重视"订婚"的事。

不过她常常地感到寂寞。她和妹妹出来进去的，因为家庭环境孤寂，竟好像一对双生子似的，而今去了一个，不但翠姨自己觉得单调，就是她的祖父也觉得她可怜。

所以自从她的妹妹嫁了人，她不大回家，总是住在她的母亲的家里。有时我的继母也把她接到我们家里。

翠姨非常聪明，她会弹大正琴，就是前些年所流行在中国的一种日本琴。她还会吹箫或是会吹笛子。不过弹那琴的时候却很多。住在我家里的时候，我家的伯父，每在晚饭之后必同我们玩这些乐器的。笛子、箫、日本琴、风琴、月琴，还有什么打琴。真正的西洋的乐器，可一样也没有。

在这种正玩得热闹的时候，翠姨也来参加了。翠姨弹了一个曲子，和我们大家立刻就配合上了。于是大家都觉得在我们那已经天天闹熟了的老调子之中，又多了一个新的花样。于是立刻我们就加倍地努力，正在吹笛的把笛子吹得特别响，把笛膜震抖得似乎就要爆炸了似的，滋滋地叫着。十岁的弟弟在吹口琴，他摇着头，他像要把那口琴吞下去似的，至于他吹的是什么调子，已经是没有人留意了。在大家忽然来了勇气的时候，似乎只需要这种胡闹。

而那按风琴的人，因为越按越快，到后来也许是已经找不到琴键了，只是那踏脚板越踏越快，踏得呜呜地响，好像有意要毁坏了那风琴，而想把风琴撕裂了一般的。

大概所奏的曲子是《梅花三弄》，也不知道接连地弹过了多少圈，看大家的意思都不想要停下来。不过到了后来，实在是气力没有了，找不着拍子的找不着拍子，跟不上调的跟不上调，于是在大笑之中，大家停下来了。

不知为什么，在这么快乐的调子里边，大家都有点伤心，也许是乐极生悲了，把我们都笑得流着眼泪，一边还笑。

正在这时候，我们往门窗一看，我的最小的小弟弟，刚会走路，他也背着一个很大的破手风琴来参加了。

谁都知道，那手风琴从来也不会响的。把大家笑死了。在这回得到了快乐。

我的哥哥（伯父的儿子，钢琴弹得很好）吹箫吹得最好，这时候他放下了箫，对翠姨说："你来吹吧！"翠姨却没有言语，站起身来，跑到自己的屋子去了，我的哥哥好久好久地看住那帘子。

三

翠姨在我家，和我住一个屋子。月明之夜，屋子照得通亮。翠姨和我谈话，往往谈到鸡叫，觉得也不过刚刚才半夜。

鸡叫了，才说："快睡吧，天亮了。"

有的时候，一转身，她又问我：

"是不是一个人结婚太早不好，或许是女孩子结婚太早是不好的!"

我们以前谈了很多话，但没有谈到这些。

总是谈什么衣服怎样穿，鞋子怎样买，颜色怎样配；买了毛线来，这毛线应该打个什么样的花纹；买了帽子来，应该批判这帽子还微微有缺点，这缺点究竟在什么地方，虽然说是不要紧，或者是一点关系也没有，但批评总是要批评的。

有时再谈得远一点，就表姊表妹之类订了婆家，或什么亲戚的女儿出嫁了，或什么耳闻的，听说的，新娘和新姑爷闹别扭之类。

那个时候，我们的县里早就有了洋学堂了。小学好几个，大学没有。只有一男子中学，往往成为谈论的目标。谈论这个，不单是翠姨，外祖母、姑姑、姐姐之类，都愿意讲究这当地中学的学生。因为他们一切洋化，穿着裤子，把裤腿卷起来一寸；一张口，"格得毛宁"外国语，他们彼此一说话就"答答答"，听说这是什么俄国话。而更奇怪的是他们见了女人不怕羞。这一点，大家都批评说是不如从前了。从前的书生，一见了女人脸就红。

我家算是最开通的了。叔叔和哥哥他们都到北京和哈尔滨那些大地方去读书了，他们开了不少的眼界。回到家里来，大讲他们那里的男孩子和女孩子同学。这一题目，非常的新奇，开初都认为这是造了反。后来因为叔叔也常和女同学通信，因为叔叔在家庭里是有点地位的人，并且父亲从前也加入过国民党，革过命，所以这个家庭都"咸与维新"起来。

因此在我家里，一切都是很随便的，逛公园，正月十五看花灯，都是不分男女，一齐去。

而且我家里设了网球场，一天到晚地打网球，亲戚家的男孩子来了，我们也一齐地打。

这都不谈，仍旧来谈翠姨。

翠姨听了很多的故事。关于男学生结婚的事情，就是我们本县里，已经有几件事情不幸的了。有的结婚了，从此就不回家了；有的娶来了太太，把太太放在另一间屋子里住着，而且自己却永久住在书房里。

每逢讲到这些故事时，多半别人都是站在女的一边，说那男子都是念书念坏了，一看了那不识字的又不是女学生之类就生气，觉得处处都不如他。天天总说婚姻不自由。可是自古至今，都是爹许娘配的，偏偏到了今天，都要自由。看吧，这还没有自由呢，就先来了花头故事了，娶了太太的不回家，或是把太太放在另一个屋子里。这些都是念书念坏了的。

翠姨听了许多别人家的评论。大概她心里边也有些不平，她就问我不读书是不是很坏的，我自然说是很坏的。而且她看了我们家里男孩子、女孩子通通到学堂去念书的。而且我们亲戚家的孩子也都是读书的。

因此她对我很佩服，因为我是读书的。

但是不久，翠姨就订婚了。就是她妹妹出嫁不久的事情。

她的未来的丈夫，我见过，在外祖父的家里。人长得又矮又小，穿一身蓝布棉袍子，黑马褂。头上戴一顶赶大车的人所戴的四耳帽子。

当时翠姨也在的，但她不知道那是她的什么人，她只当是那里来了这样一位乡下的客人。外祖母偷着把我叫过去，特别告诉了我一番，这就是翠姨将来的丈夫。不久翠姨就很有钱。她的丈夫的家里，比她妹妹丈夫的家里还更有钱得多。婆婆也是个寡妇。守着个独生的儿子。儿子才十七岁，是在乡下的私学馆里读书。

翠姨的母亲常常替翠姨解说，人小点不要紧，岁数还小呢，再长上两三年两个人就一般高了。劝翠姨不要难过，婆家有钱就好的。聘礼的钱十多万都交过来了，而且就由外祖母的手亲自交给了翠姨；而且还有别的条件保障着，那就是说，三年之内绝对不准娶亲，藉着男的一方面年纪太小为辞，翠姨更愿意远远地推着。

翠姨自从订婚之后，是很有钱的了，什么新样子的东西一到，虽说不是一定抢先去买了来，总是过不了多久，箱子里就要有的了。那时候夏天最流行银灰色市布大衫，而翠姨穿起来最好，因为她有好几件，穿过两次不新鲜就不要了，就只在家里穿，而出门就又去做一件新的。

那时候正流行着一种长穗的耳坠子，翠姨就有两对：一对红宝石的，一对绿的。而我的母亲才能有两对，而我才有一对。可见翠姨是顶阔气的了。

还有那时候就已经开始流行高跟鞋了。可是在我们本街上却不大有人穿，只有我的继母早就开始穿，其余就算是翠姨。并不是一定因为我的母亲有钱，也不是因高跟鞋一定贵，只是女人们没有那么摩登的行为，或者说她们不很容易接受新的思想。

翠姨第一天穿起高跟鞋来，走路还很不安定，但到第二天就比较的习惯了。到了第三天，就说以后，她就是跑过来也是很平稳的。而且走路的姿态更加可爱了。

我们有时也去打网球玩玩，球撞到她脸上的时候，她才用球拍遮了一下，否则她半天也打不到一个球。因为她一上了场站在白线上就是白线上，站在格子里就是格子里，她根本不动。有的时候她竟拿网球拍子站着一边去看风景去了。尤其是大家打完了网球，吃东西的吃东西去了，洗脸的洗脸去了，惟有她一个人站在短篱前面，向着远远的哈尔滨市影痴望着。

有一次我同翠姨一同去做客。我继母的族中娶媳妇。她们是八旗人，也就是满人。满人才讲究场面呢，所有的族中的年轻的媳妇都必得到场，而且个个打扮得如花似玉。似乎咱们中国的社会，是没这么繁华的社交的场面的，也许那时候，我是小孩子，把什么都看得特别繁华。就只说女人们的衣服吧，就个个都穿得和现在西洋女人在夜总会里边那么庄严，一律都穿着绣花大袄。

而她们是八旗人，大袄的襟下一律地没有开口，而且很长。大袄的颜色枣红的居多，绛色的也有，玫瑰紫色的也有。而那上边绣的花色，有的荷花，有的玫瑰，有的松竹梅，一句话，特别的繁华。

她们的脸上，都擦着白粉，她们的嘴上都染得桃红。

每逢一个客人到了门前，她们是要列着队出来迎接的，她们都是我的舅母，一个一个地上前来问候了我和翠姨。

翠姨早就熟识她们的，有的叫表嫂子，有的叫四嫂子。而在我，她们就都是一样的，好像小孩子的时候，所玩的用花纸剪的纸人，这个和那个都是一样，完全没有分别。都是花缎袍子，都是白白的脸，都是很红的嘴唇。

就是这一次，翠姨出了风头了。她进到屋里，靠着一张大镜子旁坐下了。女人们就忽然都上前来看她，也许她从来没有这么漂亮过，今天把别人都惊住了。依我看，翠姨还没有她从前漂亮呢，不过她们说翠姨漂亮得像棵新开的腊梅。翠姨从来不搽胭脂的，而那天又穿了一件为着将来做新娘子而准备的蓝色缎子满是金花的夹袍。

翠姨让她们围起看着，难为情了起来，站起来想要逃掉似的，迈着很勇敢的步子，茫然地往里边的房间里闪开了。

谁知那里边就是新房呢，于是许多的嫂嫂就哗然地叫着，说："翠姐姐不要急，明年就是个漂亮的新娘子，现在先试试去。"

当天吃饭饮酒的时候，许多客人从别的屋子来呆呆地望着翠姨。翠姨举着筷子，似乎是在思量着，保持着镇静的态度，用温和的眼光看着她们。仿佛她不晓得人们专门在看着她似的。但是别的女人们羡慕了翠姨半天了，脸上又都突然地冷落起来，觉得有什么话要说，又都没有说，然后彼此对望，笑了一下，吃菜了。

四

有一年冬天，刚过了年，翠姨就来到了我家。

伯父的儿子——我的哥哥，就正在我家里。

我的哥哥，人很漂亮，很直的鼻子，很黑的眼睛，嘴也好看，头发也梳得好看，人很长，走路很爽快。大概在我们所有的家族中，没有这么漂亮的人物。

冬天，学校放了寒假，所以来我们家里休息。大概不久，学校开学就要上学去了。哥哥是在哈尔滨读书。

我们音乐会，自然要为这新来的角色而开了，翠姨也参加的。

于是非常的热闹，比方我的母亲，她一点也不懂这行，但是她也列了席，她坐在旁边观看。连家里的厨子、女工，都停下了工作来望着我们，似乎他们不是听什么乐器，而是在看人。我们聚满了一客厅。这些乐器的声音，大概很远的邻居都可以听到。

第二天邻居来串门的，就说：

"昨天晚上，你们家里又是给谁祝寿？"

我们就说，是欢迎我们的刚到的哥哥。因此，我们家是很好玩的，很有趣的。不久，就来到了正月十五看花灯的时节了。

我们家里自从父亲维新革命，总之在我们家里，兄弟姊妹，一律相待，有好玩的就一齐玩，有好看的就一齐去看。

伯父带着我们，哥哥、弟弟、姨……共八九个人，在大月亮地里往大街里跑去了。那路之滑，滑得不能站脚，而且高低不平。他们男孩子们跑在前面，而我们因为跑得慢就落了后。

于是那在前边的他们回头来嘲笑我们，说我们是小姐，说我们是娘娘。说我们走不动。

我们和翠姨早就连成一排向前冲去，但是，不是我倒，就是她倒，到后来还是哥哥他们一个一个地来扶着我们。说是扶着，未免的太示弱了，也不过就是和他们连成一排向前进着。

不一会到了市里，满路花灯，人山人海。又加上狮子、旱船、龙灯、秧歌，闹得眼也花起来，一时也数不清多少玩艺，那里会来得及看，似乎只是在眼前一晃就过去了。而一会别的又来了，又过去了。其实也不见得繁华得多么不得了，不过觉得世界上是不会比这个再繁华的了。

商店的门前，点着那么大的火把，好像热带的大椰子树似的，一个比一个亮。

我们进了一家商店，那是父亲的朋友开的。他们很好地招待我们，茶、点心、橘子、元宵。我们那里吃得下去，听到门外一打鼓，就心慌了。而外面鼓和喇叭又那么多，一阵来了，一阵还没有去远，一阵又来了。

因为城本来是不大的，有许多熟人也都是来看灯的，都遇到了。其中我们本城里的在哈尔滨念书的几个男学生，他们也来看灯了。哥哥都认识他们。我也认识他们，因为这时候我到哈尔滨念书去了，所以一遇到了我们，他们就和我们在一起。他们出去看灯，看了一会，又回到我们的地方，和伯父谈话，和哥哥谈话。我晓得他们，因为我们家比较有势力，他们是很愿和我们讲话的。

所以回家的一路上，又多了两个男孩子。

无管人讨厌不讨厌，他们穿的衣服总算都市化了。个个都穿着西装，戴着呢帽，外套都是到膝盖的地方，脚下很利落清爽。比起我们城里的那种怪样子的外套，好像大棉袍子似的，好看得多了。而且颈间又都束着一条围巾来，人就更显得庄严，漂亮。

翠姨觉得他们个个都很好看。

哥哥也穿的西装，自然哥哥也很好看。因此在路上她直在看哥哥。

翠姨梳头梳得是很慢的，必定梳得一丝不乱，搽粉也要搽了洗掉，洗掉再搽，一直搽到认为满意为止。花灯节的第二天早晨，她就梳得更慢，一边梳头一边在思量。本来按规矩每天吃早饭必得三请两请才能出席，今天必得请到四次，她才来了。

我的伯父当年也是一位英雄，骑马、打枪绝对的好。后来虽然已经五十岁了，但是风采犹存。我们都爱伯父的，伯父从小也就爱我们。诗、词、文章，都是伯父教我们的。翠姨住在我们家里，伯父也很喜欢翠姨。今天早饭已经开好了。催了翠姨几次，翠姨总是不出来。

伯父说了一句："林黛玉……"

于是我们全家的人都笑了起来。

翠姨出来了，看见我们这样地笑，就问我们笑什么。我们没有人肯告诉她。翠姨知道一定是笑的她，她就说：

"你们赶快地告诉我，若不告诉我，今天我就不吃饭了。你们读书识字，我不懂，你们欺侮我……"

闹嚷了很久，是我的哥哥讲给她听了。伯父当着自己的儿子面前到底有些难为情，喝了好些酒，总算是躲过去了。

翠姨从此想到了念书的问题，但是她已经二十岁了，那里去念书？上小学，没有她这样大的学生，上中学，她是一字不识。怎么可以？所以仍旧住在我们家里。

弹琴、吹箫、看纸牌，我们一天到晚地玩着。我们玩的时候全体参加，我的伯父，我的哥哥，我的母亲。

翠姨对我的哥哥没有什么特别的好，我的哥哥对翠姨就像对我们，也是完全的一样。

不过哥哥讲故事的时候，翠姨总比我们留心听些，那是因为她的年龄稍稍比我们大些，当然在理解力上，比我们更接近一些哥哥的了。哥哥对翠姨比对我们稍稍的客气一点。他和翠姨说话的时候，总是"是的""是的"的。而和我们说话则"对啦""对啦"。这显然因为翠姨是客人的关系，而且在名分上比他大。

不过有一天晚饭之后，翠姨和哥哥都没有了。每天饭后大概总要开个音乐会的。这一天，也许因为伯父不在家，没有人领导的缘故，大家吃过也就散了，客厅里一个人也没有。我想找弟弟和我下一盘棋，弟弟也不见了。于是我就一个人在客厅里按起风琴来，玩了一下，也觉得没有趣。客厅里静得很的，在我关上了风琴盖子之后，我就听见了在后屋里，或者在我的房子里是有人的。

我想一定是翠姨在屋里。快去看看她，叫她出来张罗着看纸牌。

我跑进去一看，不单是翠姨，还有哥哥陪着她。

看见了我，翠姨就赶快地站起来说：

"我们去玩吧。"

哥哥也说：

"我们下棋去，下棋去。"

他们出来陪我来玩棋，这次哥哥总是输，从前是他回回赢我。我觉得奇怪，但是心里高兴极了。

不久寒假终了，我就回到哈尔滨的学校念书去了。可是哥哥没有同来，因为他上半年生了点病，曾在医院里休养了一些时候，这次伯父主张他再请两个月的假，留在家里。

以后家里的事情，我就不大知道了。都是由哥哥或母亲讲给我听的。我走了以后，翠姨还住在我家里。

后来母亲告诉过，就是在翠姨还没有订婚之前，有过这样一件事情。我的族中有一个小叔叔，和哥哥一般大的年纪，说话口吃，没有风采，也是和哥哥在一个学校里读书。虽然他也到我们家里来过，但怕翠姨没有见过。那时外祖母就主张给翠姨提婚。那族中的祖母一听就拒绝了，说是寡妇的孩子，命不好，也怕没有家教，何况父亲死了，母亲又出嫁了，好女不嫁二夫郎，这种人家的女儿，祖母不要。但是我母亲说，辈分合，他家还有钱，翠姨过门是一品当朝的日子，不会受气的。

这件事情翠姨是晓得的，而今天又见了我的哥哥，她不能不想哥哥大概是那样看她的。她自觉地觉得自己的命运不会好的。

现在翠姨自己已经订了婚，是一个人的未婚妻；二则她是出了嫁的寡妇的女儿，她自己一天把这背了不知有多少遍，她记得清清楚楚。

五

翠姨订婚，转眼三年了。正这时，翠姨的婆家，通了消息来，张罗要娶。她的母亲来接她回去整理嫁妆。

翠姨一听就得病了。

但没有几天，她的母亲就带着她到哈尔滨办嫁妆去了。

偏偏那带着她采办嫁妆的向导，又是哥哥介绍来的他的同学。他们住在哈尔滨的秦家岗上，风景绝佳，是洋人最多的地方。那男学生们的宿舍里边，有暖气、洋床。翠姨带着哥哥的介绍信，像一个女同学似的被他们招待着。又加上已经学了俄国人的规矩，处处尊重女子，所以翠姨当然受了他们不少的尊敬，请她吃大菜，请她看电影。坐马车的时候，上车让她先上；下车的时候，人家扶她下来。她每一动别人都为她服务。外套一脱，就接过去了；她刚一表示要穿外套，就给她穿上了。

不用说，买嫁妆她是不痛快的，但那几天，她总算一生中最开心的时候。

她觉得到底是读大学的人好，不野蛮，不会对女人不客气，绝不能像她的妹夫常常打她的妹妹。

经这到哈尔滨去一买嫁妆，翠姨就不愿意出嫁了。她一想那个又丑又小的男人，她就恐怖。

她回来的时候，母亲又接她到我们家来住着，说她的家里又黑又冷，说她太孤单可怜。我们家里一团和气的。

到了后来，她的母亲发现她对于出嫁太不热心，该剪裁的衣裳，她不去剪裁；有一些零碎还要去买的，她也不去买。做母亲的总是常常要加以督促，后来就要接她回去，接到她的身边，好随时提醒她。她的母亲以为年轻的人必定要随时提醒的，不然总是贪玩。而况出嫁的日子又不远了，或者就是二三月。

想不到外祖母来接她的时候，她从心里不肯回去，她竟很勇敢地提出来她要读书的要求。她说她要念书，她想不到出嫁。

开初外祖母不肯，到后来，她说若是不让她读书，她是不出嫁的。外祖母知道她的心情，而且想起了很多可怕的事情……

外祖母没有办法，依了她。给她在家里请了一位老先生，就在自己家院子的空房里边摆上了书桌，还有几个邻居家的姑娘，一齐念书。

翠姨白天念书，晚上回到外祖母家。

念书，不多日子，人就开始咳嗽，而且整天地闷闷不乐。她的母亲问她，有什么不如意？陪嫁的东西买得不顺心吗？或者是想到我们家去玩吗？什么事都问到了。

翠姨摇着头不说什么。

过了一些日子，我的母亲去看翠姨，带着我的哥哥。他们一看见她，第一个印象，就觉得她苍白了不少。而且母亲断言地说，她活不久了。

大家都说是念书累的，外祖母也说是念书累的，没有什么要紧的；要出嫁的女儿们，总是先前瘦的，嫁过去就要胖了。

而翠姨自己则点点头，笑笑，不承认，也不加以否认。还是念书，也不到我们家来了，母亲接了几次，也不来，回说没有工夫。

翠姨越来越瘦了，哥哥去到外祖母家看了她两次，也不过是吃饭、喝酒，应酬了一番，而且说是去看外祖母的。在这里，年轻的男子去拜访年轻的女子，是不可以的。哥哥回来也并不带回什么喜欢或是什么新奇的忧郁，还是一样和我们打牌下棋。

翠姨后来支持不了啦，躺下了。她的婆婆听说她病了，就要娶她。因为花了钱，死了不是可惜了吗？这一种消息，翠姨听了病就更加严重。婆家一听她病重，立刻要娶她。因为在迷信中有这样一章：病新娘娶过来一冲，就冲好了。翠姨听了，就只盼望赶快死，拼命地糟蹋自己的身体，想死得越快一点儿越好。

母亲记起了翠姨，叫哥哥去看翠姨。是我的母亲派哥哥去的。母亲拿了些钱让哥哥给翠姨送去，说是母亲送她在病中随便买点什么吃的。母亲晓得他们年轻人是很拘泥的，或者不好意思去看翠姨，也或者翠姨是很想看他的，他们好久不能见面了。同时翠姨不愿意出嫁，母亲很久地就在心里猜疑着他们了。

男子是不好先去专访一位小姐的，这城里没有这样的风俗。母亲给了哥哥一件礼物，哥哥就可去了。

哥哥去的那天，她家里正没有人，只是她家的堂妹妹迎接着这从未见过的生疏的年轻的客人。那堂妹妹还没问清客人的来由，就往外跑，说是去找她们的祖父去，请他等一等。大概她想凡是男客就是来会祖父的。

客人只说了自己的名字，那女孩子连听也没有听就跑出去了。

哥哥正想，翠姨在什么地方？或者在里屋呢？翠姨大概听出什么人来了，她就在里边说："请进来。"

哥哥进去了。坐在翠姨的枕边，他要去摸一摸翠姨的前额是否发热，他说：

"好了点吗？"

他刚一伸出手去，翠姨就突然地拉住他的手，而且大声地哭起来了，好像一颗心也哭出来了似的。哥哥没有准备，就很害怕，不知道说什么，做什么。他不知道现在就该是保护翠姨的地位，还是保护自己的地位。同时听得见外边已经有人来了，就要开门进来了。一定是翠姨的祖父。

翠姨平静地向他笑着，说：

"你来得很好，一定是姐姐，你的婶母告诉你来的，我心里永远记念着她。她爱我一场，可惜我不能去看她了……我不能报答她了……不过我总会记起在她家里的日子的……她待我也许没有什么，但是我觉得已经太好了……我永远不会忘记的……我现在也不知道为什么，心里只想死得快一点就好，多活一天也是多余的……人家也许以为我是任性……其实是不对的。不知为什么，那家对我也会是很好的，但是我不愿意。我小时候，就不好，我的脾气总是，不从心的事，我不愿意……这个脾气把我折磨到今天了……可是我怎能从心呢……真是笑话……谢谢姐姐她还惦着我……请你告诉她，我并不像她想的那么苦呢，我也很快乐……"翠姨苦笑了一笑，"我的心里安静，而且我求的我都得到了……"

哥哥茫然地不知道说什么。这时，祖父进来了。看了翠姨的热度，又感谢了我的母亲，对我哥哥的降临，感到荣幸。他说请我母亲放心吧，翠姨的病马上就会好的，好了就嫁过去。

哥哥看了看翠姨就退出去了，从此再没有看见她。

哥哥后来提起翠姨常常落泪，他不知翠姨为什么死，大家也都心中纳闷。

尾　声

等我到春假回来，母亲还当我说：

"要是翠姨一定不愿意出嫁，那也是可以的，假如他们当我说。"

……

翠姨坟头的草籽已经发芽了，一掀一掀地和土粘成了一片，坟头显出淡淡的青色，常常会有白色的山羊跑过。

街上有提着筐子卖蒲公英的了，也有卖小根蒜的了。更有些孩子们，他们按着时节去折了那刚发芽的柳条，正好可以拧成哨子，就含在嘴里满街地吹。声音有高有低，因为哨子有粗有细。

大街小巷到处是呜呜呜，呜呜呜。好像春天从他们的手里招呼回来了似的。但是这为期甚短。一转眼，吹哨子的不见了。

接着杨花飞起来了，榆钱飘满了一地。

在我的家乡那里，春天是快的。五天不出屋，树发芽了，再过五天不看树，树长叶了，再过五天，这树就像绿得使人不认识它了。使人想，这棵树，就是前天的那棵树吗？自己回答自己：当然是的。春天就像跑的那么快。好像人能够看见似的。春天从老远的地方跑来了，跑到这个地方，只向人的耳朵吹一句小小的声音："我来了呵"，而后很快地就跑过去了。

春，好像它不知道多么忙迫，好像无论什么地方都在招呼它。假若它晚到一刻，太阳会变色的，大地会干成石头，尤其是树木，那真是好像再多一刻工夫也不能忍耐。假若春天稍稍在什么地方留连了一下，就会误了不少的生命。

春天来为什么它不早一点来，来到我们这城里多住一些日子，而后再慢慢地到另外的一个城里去，在另外一个城里也多住一些日子。

但那是不能的了，春天的命运就是这么短。

年轻的姑娘们，她们三两成双，坐着马车，去选择衣料去了，因为就要换春装了。她们热心地弄着剪刀，打着衣样。想装成自己心中想得出的那么好。她们白天黑夜地忙着，不久春装换起来了，只是不见载着翠姨的马车来。

1941 年 7 月